"어둠은 어둠을 몰아낼 수 없다.
오직 빛만이 어둠을 몰아낼 수 있다.
증오는 증오를 몰아낼 수 없다.
오직 사랑만이 증오를 몰아낼 수 있다."

"저는 사랑을 감정적인 헛소리,
약한 힘이 아니라 그 자체로
강력한 직접행동을 불러일으키는
강한 무엇이라고 생각합니다."

마틴 루터 킹 주니어(Martin Luther King Jr.)

훔친 돼지만이 살아남았다

축산업에서
공개구조 된 돼지
새벽이 이야기

호밀밭

추천사

수천의 동물이 살해되는 도살장에서 어김없이 살아 돌아온 동물들이 있었다. 피해자의 곁으로 가면 갈수록 가해자의 지위가 또렷해지는 나날이었다. 해 질 녘 피 묻은 신발을 신고 말끔한 도시로 들어선 그들의 가슴에 알 수 없는 슬픔이 차오를 때마다 새벽이는 조금씩 다가오고 있었다. 피 흘리며 끌려가는 소를 그저 바라만 보아야 했던 어느 날 절망감에 무너져 내린 인간들이 새끼 잃은 짐승처럼 울부짖을 때 새벽이는 태어났다.

그렇게 100일이 흘렀을 때 그들의 품엔 구원처럼 희망처럼 아기돼지가 안겨 있었다. 세상은 '절도'라고 했고 그들은 '구조'라고 했다. 이것은 하나의 세계가 무너지고 새로운 세계가 태어나는 이야기, 인간이 죽고 동물이 태어나는 이야기, 인간이 동물로서 다시 태어나는 이야기다. 죽이는 것은 합법이고 살리는 것은 불법인 세상에서 희망은 폴리스라인 너머에 있었다.

홍은전 · 『그냥, 사람』 저자

아직 우리는 동물에 대해서 아무것도 모른다. 우리가 안다고 믿고 있던 것은 고기였을 뿐이다. 동물에 대한 책을 쓰겠다고 나섰던 나 역시 털이 없는 분홍빛 피부가 돼지에게 자연스러운 신체가 아니라는 사실을, 돼지에게 사람의 손가락을 자를 수 있을 만한 송곳니가 있다는 사실을, 그리고 무엇보다도 돼지에게 사람 못지않은 입맛이 존재한다는 사실을 전혀 모르고 있었다.

새벽이는 고기라는 꼬리표를 끊고서 완전하게 자유로운 동물로서 우리에게 다가온 한반도 최초의 돼지일지도 모르겠다. 동물과 온전한 모습 그대로 만나고 동등하게 관계 맺는 것은 이를테면 사랑하는 사람을 만나거나 친구와 우정을 쌓는 것만큼이나 의미 있고 또한 필요한 일이다. 이 책은 오늘날 한국 사회에서 그 당연하고 필수적인 일을 해내기 위해 얼마나 많은 용기와 노력을 필요로 하는지를 보여준다. 다른 생명에게 자신의 삶을 빚지고 있는 모두에게 권한다.

한승태 ·『고기로 태어나서』 저자

이 책의 추천사를 써달라는 부탁을 받게 된 것은 제겐 무한한 영광이며 특혜이기도 합니다. 사회운동을 이끄는 사람이라면 대개 상황이 어떤 식으로 전개되었으면 좋겠다는 담대한 상상을 하기 마련입니다. 우리가 세상에 내놓은 비전과 자원이 각계각층의 사람들에게 닿게 되기를, 그로 인해 모든 이에게 새로운 연결과 영감, 그리고 주체성이 생겨 나기를, 그리하여 그 감동이 모두의 삶에 전해져 각자의 고유한 행동으로 이어지게 되기를 꿈꿉니다. 우리가 꿈꾸는 대로 상황이 전개되는 일은 거의 없는데도 말이죠. 그러나 DxE Korea의 활동은 이미 제 상상을 훌쩍 뛰어넘었습니다.

저는 믿을 수 없을 만큼 열정적이고 현명하고 사려 깊은 이 활동가들이 한국의 동물권 운동에 불을 붙이는 과정을 지구 반대편에서나마 오래전부터 지켜보았습니다. 노트북을 켰다 하면 그들이 하나의 장벽을 무너뜨리고 또다른 경계를 허물고 있는 모습을 볼 수 있었던 적이 셀 수 없이 많습니다. 이를테면 도살장을 락다운하고, 주류 언론

It is an incredible honor and privilege to be asked to write a foreword for this book. When you lead an activist network, you envision things going a certain way. You envision people from all walks of life soaking up the resources and the vision you've put out into the world, taking inspiration and ownership, and channeling it into their own actions back home. Things rarely go the way you envision them, though. But with DxE Korea, my envisionings have been left in the dust.

I have watched from halfway around the world as these incredibly smart, passionate, and kind people have lit a fire in the Korean animal rights movement. More times than I can count, I have opened my laptop to see them break yet another barrier and push yet another boundary - opening an animal rights center, locking down a slaughterhouse, receiving coverage in major media outlets, founding a sanctuary, bringing a case before the Supreme Court. I am

보도를 성사시키고, 한국 최초의 생추어리를 설립하고, 동물권 센터를 열고, 대법원 앞까지 재판을 가져가고 있는 것 등을 말이죠. 저는 한국에서 진행되고 있는 동물을 위한 진보에 경외감을 느끼고 있습니다. 그리고 지금은, 그들이 공개구조에 관한 책을 출간한다는 소식을 듣게 되었네요.

그런 활동들은 모두 놀라운 성과이지만, 활동 뒤에 있는 이들은 저도 그렇듯 특별한 사람들이 아닙니다. 우리는 그저 세상의 엄청난 고통을 보고 느끼는, 그래서 정의를 위한 싸움에 헌신해온 평범한 사람들일 뿐입니다. 우리가 항상 정답을 찾아내는 것은 아닙니다. 또 언제나 상황을 낙관적으로 느끼는 것도 아니고 반드시 성공을 거두는 것도 아닙니다. 그러나 우리는 싸울 만한 가치가 있는 비전을 발견했고, 같은 비전을 가진 동지들을 찾았습니다. 캘리포니아의 버클리와 한국의 서울, 그리고 그사이 어디서나 동물권 운동은 성장하고 있고, 더욱더 많은 사람이 암흑의 핵심(Heart of Darkness) 속으로 곧장 걸어 들어가 생명을 구하는 일에 나서고 있습니다.

in awe of the progress that is being made for animals in Korea. And now, they have published a book about open rescue.

While these are extraordinary achievements, the people behind them are not, and neither am I. We are regular people who see and feel the immense suffering of this world and have committed ourselves to the fight for justice. We don't always have the answers, we don't always feel positive, and we don't always succeed. But we have found a vision worth fighting for and we have found each other. From Berkeley, California to Seoul, South Korea, and everywhere in between, the animal rights movement is growing and more and more people are stepping up to walk right into the heart of darkness and save lives.

공개구조는 종차별주의에 저항하는 가장 순수한 표현 방식 중 하나입니다. 그것은 동물해방이 행동으로 나타난 것이며, 모든 동물이 마땅히 받아야 할 것이기도 합니다. 축사 문지방을 넘고 철조망이 쳐진 울타리를 지나 누군가를 철창 밖으로 데리고 나오는 행위는, 단지 구조된 누군가의 삶을 변화시키는 행위일 뿐만 아니라, 대중으로 하여금 그 역시 재산이 아닌 고유한 삶을 가진 존재라는 사실을 마침내 깨닫게 만드는 행위이기도 합니다. 저는 한국에서 공개구조를 실천한 이 책의 저자들에게 크나큰 고마움을 느낍니다. 또 이 책의 독자 여러분, 이렇게 공개구조 이야기의 일부가 되어주시다니 정말로 감사합니다. 우리는 함께, 동물을 위해 세상을 바꿀 것입니다.

알미라 태너 · DxE(Direct Action Everywhere) SF Bay Area 리더

Open rescue is one of the purest expressions of anti-speciesism. It is animal liberation in action, and it is what every animal deserves. When we carry someone out of a cage, through barn doors, and across barbed-wire fences, we not only change their world, but we help the public finally see these individuals as persons and not property. I am immensely grateful to the authors for bringing open rescue to Korea. And I am immensely grateful to you, the reader, for being a part of this open rescue story. Together, we will change the world for animals.

Almira Tanner · Lead Organizer, Direct Action Everywhere

인간과 돼지 사이에 '새벽이'라는 변수가 등장했다. 식탁에 있어야 할 돼지가 들판을 뛰어다닌다. 단맛 과일을 골라 먹고 산책과 진흙목욕을 즐긴다. '돼지답게' 사는 새벽이를 응원하는 목소리가 뜨거웠다. 동물권 기사 중 유일하게 우호적 댓글이 가득했다.

새벽이가 처음부터 환영받은 건 아니었다. 농장에서 훔친 돼지로 유명세를 치렀기 때문이다. 병들어 죽어가던 돼지였는데도 절도범이란 비난부터 날아왔다. 스툴에 갇혀 꼼짝 못하던 새벽이의 엄마, 죽은 채 바닥에 쌓여있던 새벽이의 형제들은 외면당했다.

돼지를 음식 이상으로 생각할 수 없는 구조 탓이 컸다. "생추어리는 인간과 비인간 동물이 관계를 회복하는 곳이다."(향기) 개별적 존재로서 살아가는 새벽이를 보고서야, 비로소 함께 사는 모습을 상상할 수 있게 됐다.

관계 회복 과정에서 기억해야 할 점은 새벽이가 평범한 돼지라는 사실이다. 특별하기 때문이 아니라 농촌에서 구조됐기 때문에 돼지답게 살 수 있었다. 한 해 죽는 돼지가 1,700만 마리다. 우리는 여전히 수천만 새벽이를 죽이고 먹고 있다.

공개구조 직후 분위기는 적막했다고 한다. 농장에 남겨진 돼지들 때문이었다. 활동가들이 느낀 참담함에서 우리도 자유로울 수 없다. "새벽이를 보며 경이로움과 동시에 불편함을 느껴야 한다. 편안한 것만 볼 순 없다."(섬나리)

훔친 돼지만이 살아남는다, 다시 말해 나머지 돼지는 모두 죽는다. 공개구조가 주는 메시지는 불편하다. 디엑스이의 활동은 언제나 불편하다. 동물을 사랑해달라는 게 아니라 동물의 피와 고름으로 만들어진 일상이 잘못됐다고 말하기 때문이다.

'한 세대 안에 동물해방을 이룬다', 단순한 구호가 아니라 실현할 수 있는 미래라고 생각한다. "동물의 현실을 마주하기만 한다면 천지개벽처럼 바뀔 일이기 때문이다."(은영) 이 책은 누구도 부인할 수 없는 정의에 대해 말하고 있다.

강석영 · 〈민중의 소리〉 기자

종차별 사회에서 돼지로 태어난 새벽이는 간신히 구조되었지만 살아갈 곳이 없었습니다. 이런 현실에서 활동가들의 용기와 많은 이의 도움 및 연대로 새벽이생추어리가 만들어질 수 있었습니다. 진심으로 감사를 표합니다. 이 책을 통해 새벽이가 이 사회에서 가지는 의미가 잘 전달되어 많은 분이 새벽이의 삶과 함께하길 바랍니다. 무엇보다 차별의 무게를 고스란히 견디어 낸 새벽이에게 미안하고 수고가 많았다고, 앞으로도 잘 부탁한다고 말하고 싶습니다.

새벽이생추어리

일러두기

작은따옴표 (' ') 는 강조의 경우

큰따옴표 (" ") 는 직접 대화를 나타내거나 직접 인용의 경우

홑낫표 (「 」) 는 단행본 수록 작품 제목

겹낫표 (『 』) 는 책 제목

화살괄호 (〈 〉) 는 신문, 잡지 등 정기간행물이나 영화, 방송 등 제목 및 명칭

들어가며

모두가 해방되지 않으면
아무도 해방될 수 없다

끔찍한 살인사건, 기업의 비리와 횡포, 약자를 짓밟는 부당한 처우.

뉴스에 날마다 보도되는 사회문제에 우리는 마땅히 분노하고 슬퍼하고 아픔을 나누며 서로를 격려하고자 한다. 연대와 공감을 기반으로 하는 분노와 슬픔은 부정의한 사회를 변화시키는 강력한 힘을 가진다. 우리를 관통하는 분노와 슬픔의 감정들은 삶이 힘들지라도 서로를 다시 연결하고 돌볼 수 있게 하는 공동체를 형성한다. 우리는 그렇게 사회를 가꾸어 나가며 삶을 의미 있게 지속하려 노력한다.

역사적으로 폭력적인 사회 구조는 끊임없이 혐오를 재생산하며 서로 간의 유대를 교묘한 방식으로 끊어냈다. 혐오를 이용하여 사회의 폭력적인 구조를 더욱 공고히 지속하고자 했다. 전쟁을 일으켰고, 홀로코스트라는 인종청소

를 자행했다. 발명된 차별은 다양한 형태의 폭력을 정당화
했다. 파괴적인 효율을 내세워 기준에서 벗어나는 존재들
은 짓밟고 제거해버렸다.

이러한 차별의 역사를 경험하고 과거를 돌아보며 우리는
분노했고 폭력을 계속해서 새롭게 정의하며 억압의 사슬
에서 스스로를 해방시켜왔다. 권력의 횡포를 견제하고 좀
더 정의로운 법을 제·개정하기 위해 현장을 드러내며 투쟁
했다. 그러한 삶을 통해 우리는 최소한의 윤리, 도덕률, 정의
등 서로가 부당하고 억울하게 내몰리지 않기 위한 눈부신
권리를 구축해왔다.

그리고 여기, 돼지 새벽이와 VR헤드셋을 머리에 뒤집어쓴
얼룩소가 있다.

먼저 낙농업과 정부가 협력하여 진행한 2019년
'VR 젖 생산량 향상 실험'의 대상이 된 얼룩소를 보자.
얼룩소의 눈을 가린 VR헤드셋에서는 가상 현실 영상
이 재생된다. 그녀가 단 한 번도 만나보지 못한 아름다운
푸른 초원이 눈앞에 펼쳐진다. 감금·학대시설에 갇혀
있을지라도, 그녀의 불안과 끔찍한 고통을 가상현실로
속여 젖 생산량을 최대화하고자 한다. 공상과학 영화에나
나올법한 일이지만, 동물들에게는 당연하다는 듯 자행

되고 있다. 갇혀있는 소가 VR 헤드셋을 뒤집어쓰고 그 아래로 인간의 식량으로 포장될 그의 젖이 뽑혀 나가고 있는 모습은 우리가 원하는 세상과는 멀리 동떨어진 디스토피아를 연상케 한다.

갇혀있는 몸, 끊임없이 꽂혀대는 주사기, 강제 임신과 출산, 영아 납치. 젖꼭지가 찢기고 충격에 몸을 가누지 못하게 되어 더 이상 일어설 수 없게 된 몸. 매질을 하고, 크레인과 갈고리로 몸을 끌고 도살하는 이 모든 시스템. 지옥을 연상케 하는 시스템 너머로 디자인된 푸른 목장의 이미지가 인쇄된다. 우리 모두 행복합니다. 동물들은 건강합니다. 우리는 이렇게 할 권리가 있습니다. 소비하세요. 먹어 치우세요. 그리고 더 이상 알려고 하지 마세요.

그런데 이때, 우리 사회에 벼락같이 등장한 이가 있다. 바로 축산업의 감금·학대시설에서 공개구조 된 또 다른 평범한 동물, 돼지 새벽이다. 그는 '고기'가 될 운명을 부수고 새로운 삶의 모습을 보여준다. 그렇게 그는 과연 누가 'VR 헤드셋'을 쓰고 살아가고 있는지 드러낸다. 폭력에 가담하고 있는지도 모른 채 좀비가 되어 남의 피와 살을 게걸스럽게 먹으며 살아가는 오늘날 우리의 모습을 극적으로 보여준다. 다른 이의 온 삶을 박탈하여 고통스럽게 착유한 젖을 빼앗아 마시고, 죽여 살점을 먹는 것을 '자연스럽다' 생각하게 된 세상의 모든 사람은 사실 정부와 기업이 머리에 씌운 VR헤드셋을 통해 괴리된 현실을 살아가고 있는 것이다.

새벽이가 바로 이 VR헤드셋에 균열을 내었고, 박살 낼 것이다. 새벽이를 공개구조한 활동가들이 보고 온 것, 온몸으로 듣고 온 증언들은 다름 아닌 프린트된 마케팅 이미지 너머의 '대가'였다. 문제의식 없이 착취되고 생산되는 모든 제품에 대한 대가들을 동물들이 온몸으로 지불하고 있었다. 그리고 이 폭력적인 시스템의 책임은 피와 오물이 되어 땅과 강으로 흐르고 비명과 끔찍한 악취로나마 새어 나오고 있었다. 그렇게, 감당할 수 없는 시대의 책임이 눈덩이처럼 불어나 돌이킬 수 없는 오염과 파괴로 우리에게 돌아오고 있다.

우리가 이 책으로 이야기하고자 하는 것은 어쩌면 우리가 오랜 시간 구축해온 인간의 윤리와 정의를 한순간에 무너뜨리고자 하는 것일지도 모른다. 정확히는 우리가 믿어왔던 세상에 대한 무언가가 무너지는 경험이다. 모두가 해방되지 않으면 아무도 해방될 수 없다. 이 당연한 말을 다시금 깨닫는 순간, 우리가 역사상 그 어느 때보다 폭력적인 시기에 살고 있다는 사실이 다가왔다. 도처에 널린 고통과 비명이 온 피부로 느껴졌다. 인권 너머에, 인간의 권리가 닿지 않는 외지고 불쾌한 감금시설에 동물들이 자리해 있다. 그리고 우리가 상상하기 어려운 끔찍한 고통을 지금 이 순간에도 온몸으로 증언하면서 세상에 피를 뿜어내고 있다. 우리가 제대로 마주할 수만 있다면 천지가 개벽하듯 언제고 세상을 변화시킬만한 폭력이 저 너머에 있다.

이 책에는 한국 최초로 축산업에서 공개구조 된 돼지 새벽이와 이를 가능케 한 활동가들의 이야기, 그리고 이제 더 이상 이 세상에 남아 있지 않은 수많은 동물에 대한 기록들이 함께 수록되어 있다.

책 1부에서는 우리 사회가 알 수 없었던 돼지 새벽이에 대해 먼저 소개한다. 우리 모두가 잘 몰랐던 축산동물의 구체적인 존재에 대하여, 구조 이후 그 곁에서 가장 가까운 시간을 함께했던 새벽이를 구조한 향기 활동가가 1년 동안 직접 만나온 새벽이에 대하여 기록했다. 2부에서는 경계를 넘어 우리 앞에 등장한 새벽이와 함께하기 시작하면서, 분리되었기에 감추어져 있었던 동물에 대한 뿌리 깊은 차별과 혐오에 맞선 우여곡절을 담았다. 새벽이의 존재로 인해 만들어질 수밖에 없었던 한국 최초 생추어리의 초기 설립 과정이 담겼다. 1부와 2부의 이야기는 새벽이를 공개구조하고 최초의 생추어리를 책임지고 구축한 향기 활동가의 기록을, 함께 활동한 많은 이의 의견을 반영하여 은영, 섬나리 활동가가 다듬어 구성하였다. 3부에서는 은영 활동가가 새벽이가 우리 앞에 이르기까지, 활동가들이 공개구조를 다짐하게 된 시간으로 거슬러 올라간다. 새벽이 너머의 수많은 피해자의 증언이 담겨 있다. 4부에서는 섬나리 활동가가 새벽이 그리고 노을이와 별이를 드러내기 위해 진행했던 후속 액션을 정리하고 이 투쟁의 의미와 비인간 동물들이 전한 동물해방의 의미를 기록하였다.

　단절된 동물로서의 관계를 회복할 수 있다면, 이들을 다시 만나게 된다면, 현장을 알게 된다면, 동물의 증언을 듣게 된다면 그리고 현장을 전하는 활동가들을 언제 어디에서나 만날 수 있게 된다면. 당신이 서 있는 곳이 그 어디든, 우리는 도살장 한가운데 서 있음을, 학살의 한복판에, 무덤 앞에 서 있음을 느낄 수 있게 될 것이다. 그렇게 모든 세상이 새롭게 전해지며 분노하고 슬퍼하고 아픔을 나눌 수 있는 연대와 공감의 마음이 우리에게 있기에, 우리는 비로소 서로와 동물과 세상과의 관계를 회복할 수 있을 것이다.
　너무나도 단단해 절대 무너지지 않을 것처럼 보였던 경계. 먼저 선을 넘어 진실을 마주한 우리들이 전하는 이야기가 이 경계를 흐리고 무너뜨릴 수 있는 강력한 계기가 될 수 있길 바란다. 활동가들의 용기와 구조된 새벽이의 존재가 여러분들에게 세상의 절망보다 단단한 희망과 용기를 심어 넣을 수 있기를.

2021년 가을,

우리 몸 안에 새겨진 동물들의 비명과 몸짓을 세상에 내보내며,

직접행동DxE 활동가 일동

우리의 철창을 넘어

동물해방의 새벽

부록

찐 감자와 바나나를 좋아하는 새벽이

향기

"우리는 새벽이가 알려주는 것들을 하나하나 기록할
것이다. 특별한 돼지가 아닌 우리와 같은 고유한
존재로서 새벽이가 차별적인 세상을 투쟁적으로
살아가는 모습을, 새벽이의 평범한 진흙목욕이
사회를 향한 투쟁일 수밖에 없는 그 이유에 대해
기록할 것이다. 그리고 새벽이를 죽이려 했던, 그리고
죽으라 하는 세상에서 새벽이의 투쟁이 고립되지
않도록 더 많은 이가 연대해주기를 바란다."

사랑하는
새벽이

    사실 새벽이 말고 다른 아기를 구조하려고 했다. 대놓고 몸에 상처가 가득한 아기돼지들이 먼저 눈에 들어왔다. 그 중에 귀가 심하게 찢어진 아기돼지를 품에 안으려 손을 뻗었다. 하지만 갑작스러운 나의 출현에 겁먹은 아기돼지들은 커다란 엄마돼지의 몸을 넘어 뒤쪽으로 숨어버렸다. 미동조차 없이 숨만 쌕쌕 간신히 쉬고 있던 엄마돼지는 눈만 스르륵 굴려 내 쪽을 쳐다보았다. 끔찍한 감금시설에서 도살장으로 이어지는 삶의 행로에서 아기돼지를 구조하고자 이곳에 왔지만, 그 자리에 앞으로도 갇혀있게 될 엄마돼지의 시선을 나는 피해버릴 수밖에 없었다. 시선을 피해 눈을 돌린 구석에는 도망갈 타이밍을 놓친 건지 구석에 앉아 나를 빤히 쳐다보는 한 아기돼지가 있었다. 차마 엄마돼지 얼굴 바로 앞으로 도망간, 처음 마음에 담았던 아기돼지를 차마 데려올 엄두가 나지 않았다. 그렇게 구석에 홀로 남은 아기돼지를 품에 안았다. 나는 사실 더 심하게 귀가 찢어지고 병들어 있었던 아기돼지를 구조하고 싶었고, 더 솔직하게는 평생 벽만 바라보고 있는 엄마돼지를 구조하고 싶었다.

그렇게 남은 아기돼지를 품에 안고 그의 뜨거운 체온을 느끼며 농장 밖으로 벗어났다. 농장에 있는 수천 명의 아기돼지 중 한 아기돼지가 내 품에 안겨 처음으로 감금시설 밖을 벗어나게 되었다. 그런데 그때, 그는 아주 큰 소리로 울기 시작했다. 울음소리를 듣고 시설을 관리하는 누군가가 잡으러 오기라도 한다면, 당장 소리를 지르고 있는 아기

새벽이가 공개구조되는 모습

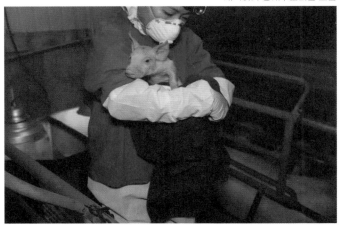

찐 감자와 바나나를 좋아하는 새벽이

돼지는 구조되지 못하고 다시 병들어 죽거나 도살장에 끌려
가 죽을 것이다.

아니야, 괜찮아. 나쁜 사람이 아니야.

우리는 구조하려는 거야.

너를 진짜 치료해 줄 수 있는 병원에 우리는 함께 갈 거야.

　구조되는 그 날 새벽이의 엄마 위에 붙어 있던 모돈 현황
판을 보니, 그는 시설 속에서 태어나자마자 꼬리와 이빨이 잘

구조하고 싶었던 엄마돼지

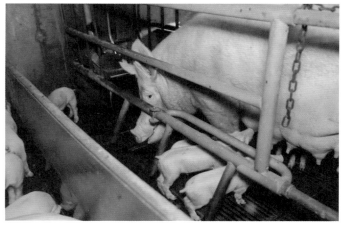

리고 주사를 맞고 3일이 되던 날 마취 없이 고환이 뜯겼다고 기록되어 있었다. 생후 2주에 구조되었지만 이미 인간의 품에서 생살이 잘리는 고통을 겪었던 그가 내 의도를 어떻게 알아주겠는가. 그때부터 막연하게 새벽이에게 애원하고 비는 습관이 생긴 것 같다. 새벽이에게 끔찍한 세상의 폭력을 우리는 함께 뚫고 나가야 했다.

우리는 공개구조 계획 당시 피해동물의 여생을 보장해줄 수 있는 사람들과 사전에 만나 주거와 돌봄을 예정했었다. 우리가 생각했던, 최대한 생추어리와 유사한 환경에서 새벽이와 노을이가 충분히 고유한 습성으로 살아갈 수 있는 돌봄과 시간을 보장받은 상황이었다. 그곳엔 이미 여생을 보내고 있는 동물들이 있기도 했다. 하지만 분명하게 확인할 수 없는 정황들로 새벽이와 함께 구조된 노을이가 그곳에서 세상을 떠나게 되었고, 남은 새벽이를 급하게 활동가의 집으로 이주할 수밖에 없었다. 농장의 감금시설에서 활동가의 집, 보호소를 거쳐 결국 예정에 없던 생추어리 설립투쟁 현장까지. 사회의 종차별을 각오한 행동이었지만 역시 어느 하나 쉽지 않았다. 차별을 몸에 가득 새긴 새벽이는 다시금 온몸으로 우리에게 사회의 차별을 일깨워주었다.

단언컨대 새벽이가 없었다면 한국 최초의 생추어리는

탄생하지 않았을 것이다. 생추어리 운영은 적어도 풀뿌리 활동가인 우리에게는 불가능한 일이라고 생각했다. 안정된 땅도 집도 차도, 심지어 운전면허조차도 준비되지 않은 풀뿌리 활동가들이 차별 가득한 이 땅 위에 생추어리라는 새로운 개념의 공간을 일구어낼 줄은 꿈에도 몰랐다. 그러나 새벽이가 이미 우리에게 오고 말았기에, 가진 것이라곤 이 땅의 피해자들을 대변할 수 있는 새벽이의 삶을 드러내고야 말겠다는 일념뿐인 활동가들이 모였다.

그렇게 어떤 땅도 돈도 없이 새벽이와 서로의 몸을 내던지며 한국 사회에 처음으로 생추어리를 현실화하고 알리는 운동을 시작하면서, 우리는 역시나 동물에 대한 혐오를 속수무책으로 마주하게 되었다. 생추어리를 단순히 동물을 대상화하여 구경하는 체험농장으로 생각하거나, 새벽이를 일방적인 힐링 콘텐츠로 소비할 때, 그리고 하루하루가 투쟁일 수밖에 없는 한국의 생추어리를 외국의 넓은 토대 위에 세워진 생추어리와 쉽게 비교하는 인식 등에 힘이 빠지기도 했다. 그러나 차별과 혐오가 기본인 이 세상에서 생추어리란 신기루 같은 낙원 지대가 아닌 '먼저 서로를 존중하는 관계'라는 믿음을 가지고 우리는 새벽이와 함께 투쟁을 이어 나갔다.

세상은 새벽이를 '삼겹살', '목살', '항정살', '갈매기살'과 같은 '고깃덩어리'로 조각낸다. 새벽이를 부위별로 조각내어 살점의 위치 그리고 식감에 따라 분류한다. 우리는 사회가 조각낸 동물의 존재를 이어 붙여 새로운 관계를 모색하고 보여주고 이야기할 것이다. 사람들이 탈탈 털어내어 버리는 흙을 다시금 찾아 거리낌 없이 교감하는 모습. 오물이 아니라 진흙탕을 마음껏 유영하는 모습. 강인한 네 다리로 경사진 곳을 오르내리며 원하는 풀을 찾아 먹는 모습. 이 외에도 새벽이가 보여주는 모습들은 사회가 가두어두고 경멸하는 동물들로부터 우리가 무엇을 빼앗은 것인지, 우리 모두가 무엇을 잃은 것인지 알게 한다. 우리는 새벽이가 알려주는 것들을 하나하나 기록할 것이다. 특별한 돼지가 아닌 우리와 같은 고유한 존재로서 새벽이가 차별적인 세상을 투쟁적으로 살아가는 모습을, 새벽이의 평범한 진흙목욕이 사회를 향한 투쟁일 수밖에 없는 그 이유에 대해 기록할 것이다. 그리고 새벽이를 죽이려 했던, 그리고 죽으라 하는 세상에서 새벽이의 투쟁이 고립되지 않도록 더 많은 이가 연대해주기를 바란다.

"어둠은 어둠을 몰아낼 수 없다. 오직 빛만이 어둠을 몰아낼 수 있다. 증오는 증오를 몰아낼 수 없다. 오직 사랑만이 증오를 몰아낼 수 있다."*

"저는 사랑을 감정적인 헛소리, 약한 힘이 아니라 그 자체로 강력한 직접행동을 불러일으키는 강한 무엇이라고 생각합니다."**

마틴 루터 킹 주니어 (Martin Luther King Jr.)

---

*   도서 『Strength to Love』

**   다큐멘터리 <I Am Not Your Negro>

찐 감자와 바나나를 좋아하는 새벽이

새벽이의
엄청난 송곳니

새벽이가 수박 하나를 통째로 먹는 모습은 실로 경이롭다. 새벽이는 새로 자란 엄청난 송곳니로 큰 수박을 한입에 시원하게 으깨어버린다. 새벽이의 한입이면 그 어떤 튼튼한 수박도 맥을 추릴 수 없다. 그럴 때면 빨간 과즙이 새벽이 주변으로 거침없이 튀어 오른다. 그렇게 새벽이는 그 자리에서 수박 한 통을 남김없이 먹어 치워버린다. 좀 더 자세히 들여다보면, 먼저 과육을 와그작 와그작 껍질 구분 없이 씹어 먹고, 남은 과즙을 쭙쭙 빨아 시원하게 꿀떡 꿀떡 마신다. 새벽이가 수박을 시원하게 먹는 모습을 본다면, 우리처럼 수박을 가르고 쪼개어 잘라내 껍질과 하얀 과육을 발라내 먹는 과정이 변변찮아 보일 것이다. 그렇다고 새벽이를 함부로 따라 하면 안 된다. 앞서 말했다시피 그에게는 엄청난 송곳니가 있기 때문이다.

하지만 새벽이도 처음에는 작은 수박 조각조차 먹기 어려

위했고, 그땐 지금과 다르게 아주 잘게 잘라주어야 했다. 손에 조금만 힘을 줘도 바로 으깨질 수 있을 정도의 수박이나 말랑말랑한 복숭아를 손톱만 한 크기로 잘라주어야 겨우 먹곤 했다. 작은 몸집도 몸집이거니와 당시에는 이빨이 없었다. 공개구조 당시 새벽이의 이빨은 농장에서 이미 잘려있었다.[***]

　새벽이가 하품을 할 때, 잇몸에 조그맣게 붙어 있는 잘린

[***]　갓 태어난 새끼돼지의 송곳니(견치, canine tooth)의 날카로운 부분을 니퍼 등으로 절단하거나 그라인더로 갈아주는 관리 방법을 흔히 농장에서는 '견치 자르기', 줄여서 그냥 '견치'라고도 한다. 세균감염이 문제되지만 동물들이 서로 물어뜯을 수 있는 좁은 시설에 감금되어 있어 상처를 최소화하기 위한 명목으로 이를 자른다. (출처 : 양돈전문 온라인 미디어 <돼지와 사람>)

이를 보면 그 흔적을 확인할 수 있었다.

"돈사 안이 비명으로 가득 차기 시작하는 건 이빨을 자를
때부터다. 이때는 한 손으로 돼지의 목을 잡고 엄지손가락을
입안에 넣어 강제로 입을 벌린다. 다른 손엔 니퍼를 들고
이빨을 잘랐다. (…) 비명을 고통의 표현이라고 생각하면
작업을 할 수 없었다. (…) 결국 비명은 비명 아닌 것이
되어야 했다. 작업을 끝내고 나면 자돈의 입에는 피가
흥건했다."

한승태, 『고기로 태어나서』 p.202~204

　도살장을 향하는 트럭에 실린 다른 돼지들도 이빨이
모두 잘려있었다. 잘려있을 뿐만 아니라 남은 이빨도
다 썩어 문드러져 있었다. 우리가 수박을 가져가더라도,
자그마한 조각 하나조차 먹기 어려워 힘겹게 삼켜 넘기기
부지기수였다. 한번은 음식을 건네주다가 한 돼지의 입에
손가락이 꽉 물렸는데, 그저 물컹한 느낌이었다. 새벽이의
입에 물렸을 때 손톱이 빠질 것처럼 아프고 치아 자국대로
피멍이 들었던 경험에 비하면 아무 감각이 느껴지지 않는

정도였다. 새벽이는 간신히 벗어난 농장, 그곳에 남은 이들은 형편없는 사료를 먹으며 다른 치아마저 모두 썩어 닳아버렸다.

그 모습은 돼지 본연의 모습이라 할 수 없다. 본래 새벽이와 같은 돼지들은 8개의 송곳니가 날카로운 엄니로 자라난다. 생추어리에는 본래의 동물다움을 조금씩이나마 회복한 이들의 모습을 관찰할 수 있었고, 우리는 이들을 통해 하나씩 배워나갔다. 새벽이의 송곳니는 수박만 으깨어버리는 정도가 아니었다. 새벽이는 엄청난 송곳니를 가지고 많은 일을 했다. 새벽이가 지금의 생추어리에 처음 이사 왔던 날, 채 한 살도 되지 않았을 때였다. 새벽이는 흙에 얼굴을 깊게 박고 무언갈 먹고 있었다. 오도독 씹히는 소리가 수상쩍어 살펴보니, 돌덩이를 깨물어 먹고 있었다. 한참을 와그작와그작 씹어먹고 유유히 떠난 자리에는 반쪽이 된 돌덩이가 남아 있었다.

미국에서 온 활동가가 들려준, 믿지 못할 이야기도 있다. 외국 생추어리에서 사는 돼지가 활동가의 손가락을 깨물었는데, 실제로 손가락이 절단되는 사고가 있었다고 한다. 이야기를 듣고 당시 충격에 빠진 나는 소용없는 부정을 해보았다. 과장하지 마라, 우리 손이 두부로 만들어진 핑거

스틱이냐? 하지만 얼마 후 새벽이의 입에서 점점 자라나는 송곳니를 마주하고, 새벽이는 나의 손가락 그 이상도 자를 수 있음을 인정하게 되었다.

새벽이는 마음에 안 드는 사람이 다가오면 쫓아내려고 입을 벌린다. 송곳니를 보이고 무는 시늉을 한다. 안전은 스스로를 보호하고 방어하며 살아갈 수 있는 힘이다. 그러나 축산업은 돼지들의 안전을 위해 이를 자른다고 한다. 그들을 좁은 우리에 몰아넣은 뒤 '안전'이라는 이름을 붙이는 이 말은 얼마나 기만적인가. 그들은 안전이라는 명목하에 스스로를 보호하고 동물답게 살아갈 수 있는 신체를 빼앗기고 훼손당한 채 도살장에 끌려가고 있다. 우리가 훼손한 그들의 이빨을, 새벽이의 엄청난 송곳니를 지켜본다. 우리가 무엇을 짓밟았는지, 얼마나 폭력적으로 군림하고 있는지를 이빨을 보며 생각했다.

새벽이의 송곳니

새벽이의
분홍빛

　새벽이의 연분홍색 피부 위에선 하얀 털이 조금씩 자라난다. 새벽이에게 하얀 털이 별로 없었던 아기 시절, 그리고 활동가의 집에서 머물던 시절, 새벽이의 연분홍빛 피부는 더욱 도드라지게 드러났다. 특히 보호소에서 잠시 살았을 때 새벽이는 매주 약욕을 했는데, 그때 목욕을 마치고 한껏 뽀송해져 나온 새벽이의 모습을 보면 다들 좋아했던 기억이 난다. 좁은 화장실에서 겨우 약욕 싸움을 마친 새벽이는 약욕을 하느라 고생했다는 의미에서 주는 바나나를 경쾌하게 입에 물고는, 분홍빛 몸을 씰룩거리며 이리저리 마치 자랑하듯 돌아다니곤 했다.

　하지만 새벽이의 연분홍빛 피부는 축산업에 의해 강제 개변된 결과로, 그가 인간에 의해 얻은 장애 중 하나다. 돼지는 한 번에 많은 아기를 낳을 수 있는 동물이다. 그런 이유로 동물을 죽여 먹는 산업에서 이윤이 보장되었던

탓에, 돼지는 인간에게 선택적으로 감금되기 시작했다. 축산업은 이들의 털을 벗겨 먹기 쉽게 혹은 동물들을 통제하기 쉽게 몸에서 털을 없애고 색을 빼는 등 강제적 변형을 가했다. 지금의 고도화된 공장식 축산업은 고작 60여 년 전에 시작되었다.

본래 돼지는 갈색과 검은색의 짙은 빛 털이 수북하게 자라난다. 아프리카돼지열병으로 사살되고 있는 멧돼지와 같은 종이기 때문이다. 짙은 색의 털은 돼지들이 본래 사는 환경에서 위장 색상으로서 그들을 보호한다. 인간이 끔찍하게 변형한 지금의 집돼지는 스스로를 보호할 수 있는 위장능력을 빼앗긴 셈이다.

또 새벽이는 인간의 동물산업으로부터 '장애화' 된 몸으로 태어나, 자외선으로부터 피부를 보호할 수 없게 되었다. 축산업은 새벽이의 피부가 스스로 멜라닌을 생성할 수 없도록 피부를 품종개변했다. 멜라닌이 없는 새벽이의 분홍색 피부는 햇빛에 쉽게 화상을 입게 되었다. 그 탓에 실제로 햇빛을 많이 쐬면 새벽이의 피부는 빨갛게 달아오르고 피부 껍질이 벗겨졌다. 그때마다 새벽이는 많이 따가워했다. 그러니 강제 개변된 돼지의 분홍색 피부는 조금도 자연스럽지 않다. 이 사실을 알게 된 후, 우리는 분홍빛 피부를 더 이상 '귀엽게' 볼 수 없게 되었다.

새벽이의 연약한 피부는 종돈장의 열악한 환경과 더해져, 태어난 지 고작 2주 만에 만성 곰팡이성 피부염을 앓게 되었다. 구조된 직후에 간 동물병원에서 의사는 아주 더럽고 열악한 환경에 방치되어야 걸릴 수 있다던 질병을 겨우 2주 된 아기가 걸린 것을 보며 의아해했다. 어처구니없게도, 우리는 동물학대범이 아닌지 의심받아야만 했다. 의사는 새벽이가 걸린 곰팡이성 피부염은 완치가 어렵고 앞으로 꾸준히 관리해주어야 한다고 했다. 실제로 새벽이의 곰팡이성 피부염은 계속 재발했다. 매주 진행했던 약욕은 그렇게 시작되었다.

약욕을 마치고 바나나를 먹는 새벽이

활동가들은 새벽이의 꾸준한 약욕을 위해, 매주 토요일마다 새벽이가 임시로 머물고 있는 보호소에 모였다. 그때 4개월령이었던 새벽이는 몸집이 날로 자라나고 있었다. 약욕은 보호소에 있는 작은 인간 동물 전용 화장실을 이용해야 했는데, 새벽이 혼자만 들어가도 반이 차는 면적이라 많은 활동가가 들어갈 수 없었다. 화장실에 있던 샴푸, 린스, 세제 등의 용품들을 꼼꼼히 숨겨뒀지만, 탐구 정신이 뛰어난 새벽 이는 어떻게든 찾아내어 내용물을 확인하고자 했다. 그 탓에 새벽이의 이런 행동을 막아내는 역할도 꼭 필요했다.

애초에 약속했던 5분이 넘어가면 새벽이는 더 이상 봐줄 수 없다는 듯 항의하고 화를 내기 시작했다. 화난 새벽이에

진흙목욕을 하는 새벽이

게 물려 다치는 경우도 많았기 때문에, 만반의 준비와 각오가 필요했다. 그래서 약욕 샴푸를 몸에 묻히고 거품을 내는 활동가와 새벽이를 설득(?)시키고 만류하는 활동가 그리고 밖에서 새벽이가 머무는 거처의 흙을 매주 갈아주는 공사를 하는 활동가, 이들 모두와 소통할 사람도 필요했다.

새벽이와 한집에서 함께 살았던 나와 그링 활동가에 대해선 새벽이가 심리적 거리감을 느끼지 않아 고정적으로 약욕을 진행할 수 있었다. 그리고 항의하는 새벽이에게 위축되지 않고 맞서는 섬나리 활동가가 용기를 쥐어짜 약욕 현장에 동참했다. 소동이 끝나고 나면 활동가들은 시퍼렇게 멍든 허벅지를 절뚝이며 화장실을 청소했고, 새벽이는 몹시 개운한 표정으로 의기양양하게 화장실을 나섰다. 그러면 흙 공사를 하고 있던 다른 활동가들도 달려와 조심스럽게 새벽이를 보러 오곤 했다.

매주 약욕을 해도 곰팡이성 피부염은 쉽게 재발했다. 며칠 사이에 살이 터지는 상처가 나고 각질이 두껍게 쌓이고 벗겨지기를 반복하다 보면 피가 줄줄 흘러내리곤 했다. 우리는 따가움에 힘들어하는 새벽이의 모습을 보며 화장실에서 함께 엉엉 울며 약욕을 이어나가기도 했다. 그러다 생추어리에 입주한 이후 새벽이는 비로소 충분한 진흙목욕을 시작했고, 스스로를 치료하고 보호할 수 있게 되었다.

우리가 더 이상 약품을 발라주지 않아도 새벽이는 스스로 진흙을 온몸에 비비며 자신의 피부를 보호했다. 물론 이마저도 새벽이의 피부에는 부족하여, 지금은 생추어리 활동가들이 피부에 진흙을 발라주어야 한다.

이 사회에선 진짜 돼지의 모습을 볼 수 없는 반면, 분홍색 돼지는 쉽게 볼 수 있다. 핑크 돼지는 사회에서 쉽게 통용된다. 어릴 때부터 우리가 배우고 만나는 돼지의 이미지도 모두 분홍색이다. 곰돌이 푸의 소심한 피글렛, 돼지를 형상화한 수많은 귀여운 굿즈들. 심지어 '돼지고기' 집 간판에 새겨진 캐릭터도 핑크 돼지다. 돼지가 분홍색인 이유를 포털 창에 검색해본다면, '돼지고기'가 덜 익은 것인지에 대한 정보만이 쏟아지는 게 지금 우리가 사는 현실이다.

> "사육되는 닭과 오리가 부리를 절단당하고 돼지가 꼬리와 성기를 잘린다는 것은 익히 알고 있었지만 테일러가 이것을 '인간이 동물에게 고의로 장애를 입히는 행위(장애화)'라고 표현했을 때 나는 큰 충격을 받았다. 인간의 손이나 발, 입과 코처럼 중요한 감각기관이 마취도 없이 절단되는 일을 연상하고서야 동물들에게 가해지는 폭력이 얼마나

잔인하고 불의한 것인지 비로소 알게 된 것이다. 하지만 가장 충격적이었던 건 그들이 태어날 때부터 갖는 장애, 그러니까 품종개량, 아니, 품종개변에 관한 내용이었다.

(…)

장애인을 공동체의 짐으로 간주하여 가스실로 몰아넣고 단종을 시행하던 그 과학은 여전히 건재한 정도가 아니라 거대한 산업이 되었고 그 위에서 풍요로운 문명과 인권이 꽃 피었다. 어떤 인간도 짐승처럼 살게 해서는 안 된다며 떠나온 그 자리에 인간은 짐승들을 남겨두었다. 그리고 그들에겐 역사상 유례없는 학살이 자행되었다. 거대한 학살보다 끔찍한 것은 거대한 출생이다. 컨베이어벨트 위에서 이 불의와 폭력이 그들의 숫자만큼 태어난다. 인간이란 무엇이고 인권이란 무엇일까. 너무나 당연해서 한 번도 묻지 않았던 질문이 시작되었다. 나의 동물권 운동은 내가 믿고 추구했던 한 세상이 무너지면서 시작되었다. 닭과 소, 개와 돼지를 실은 트럭과 함께 네발로 나를 찾아왔다."

홍은전 한겨레 칼럼 <닭을 실은 트럭>

새벽이가 먹는
음식을 먹어

돼지는 아무거나 다 잘 먹는다는 얘기가 있다. 사회에서 가축화된 동물 중에서도 특히 돼지는 탐욕스럽고 더러워서 아무거나 잘 먹는다는 인식으로 통용된다. 동물에 대한 혐오와 비하가 담겨 있는, 우리가 욕으로 자주 사용하는 "돼지 같다"는 표현은 이미 널리 퍼져 있다. 그에 마구 반박하고 싶을 정도로 새벽이는 좋아하는 음식만큼 못 먹는 음식도 많고, 안 먹는 음식도 많다.

새벽이가 활동가 집에서 살기 시작했을 때, 시장에 케일을 싸게 팔길래 왕창 사 갔던 적이 있다. 나는 케일 쌈을 해먹고 새벽이에게는 감자와 케일을 섞어 주려는 계획을 가지고 부푼 마음으로 케일을 담았다. 그러다 새벽이에게 적합한 식단을 조사하던 동료에게 아찔한 말을 들었다. 케일은 돼지에게 독초이기 때문에 절대 먹여서는 안 된다고 했다. 그 말에 새삼 깨달았다. 마트에 흔히 보이는 채소와 과일은 인간 동물에게 맞춰진 것이지, 새벽이를 위한 게 아니겠구나 싶었다. 케일 이후로도 새벽이의 식단을 참고하기 위한 해외 자료 번역을 도맡은 동료와 함께 더 조사해보니, 내가 종종 사 먹었던 체리와 옥수수 줄기, 가지과의 야채, 생캐슈넛, 생감자와 고구마 등도 새벽이에게는 위험할 수 있다는 사실을 알게 되었다. 그마저도 돼지를 '위한' 한국 자료는 전무했기 때문에 해외 생추어리 자료를 조사하며 음식 목록을 추려내야만 했다.

새벽이에게 괜찮다는 음식을 추려낸다 하더라도, 새벽이가 주는 대로 다 먹는 것은 절대 아니었다. 새벽이는 찐 감자와 고구마, 단호박, 수박, 참외, 복숭아 같은 과일류를 좋아했다. 하지만 시트러스 향이 나는 귤이나 오렌지, 한라봉, 천혜향 등은 싫어했다. 실내에서 살 적에는 장판 아래에, 보호소 생활을 할 적에는 흙 아래에, 새벽이가 싫어하는 귤 조각이나 양배추 조각이 무참히 버려진 채 발견되기도 했다. 예전의 나는 새벽이의 편식을 바로잡아보겠다는 포부로 새벽이가 안 좋아하는 콜라비를 잘게 썰어서 가장 좋아하는 채식 사료와 섞어 주기도 했는데, 새벽이는 놀랍게도 사료 알갱이만 쏙쏙 골라 먹었다. 그릇에는 버려진 콜라비만 쓸쓸히 남아 있었다.

유기농 바나나, 배, 사과, 수박, 애호박, 늙은오이, 참
외, 오이, 밤, 토마토, 당근, 돼지감자, 브로콜리, 배추,
무, 복숭아, 자두, 단호박, 감자, 고구마, 늙은호박 …

모두 유기농 혹은 최소한 저농약으로 준비했고 이 중
사과와 배, 복숭아, 자두는 씨를 발라냈다. 감자와 고
구마는 삶아야 한다.

새벽이의 식단

새벽이가 먹으면 안 되는 것과 싫어하는 것을 제외한, 새벽이 맞춤형 식단은 이렇게 완성되었다. 병원의 조언대로 채식 사료도 곁들여 주었지만, 지난 2020년 5월 수의사에게 새벽이가 경도비만이라는 진단을 받은 후 가공식품은 모두 빼버렸다. 식단을 바꾸며 새벽이는 자신이 좋아하던 비건 식빵과 두부, 사료를 먹지 못하게 되어 왠지 불만스러워 보였지만, 이후로는 오직 채소와 과일을 1:1로 구성한 식단을 준비하게 되었다. 지금도 그때마다 달라지는 새벽이의 상황에 맞게 구성과 비율을 조정하고 있다.*

돼지에게는 사료가 필요하다며 걱정하던 수의사도 마침내 인정한 건강하고 풍족한 식단이었지만, 푸른 잎 채소가 없는 것이 항상 마음에 걸렸다. 시장에서 산 유기농 상추와 시금치를 먹음직스럽게 그릇에 담아주어도 새벽이는 결코 먹지 않았다. 가끔 내킬 때면 삶은 브로콜리는 한입 정도 먹을 때도 있었다. 나는 새벽이가 스스로 푸른 채소를 먹을 일은 없겠구나 생각했는데, 이후 새벽이가 생추어리에 입주하며 나의 인식은 뒤집혔다.

---

* 인간들도 그러하듯 새벽이도 입맛이 변하고, 시기별로 좋아지기도 하고 질리기도 하는 음식이 있다. 새벽이는 빠르게 살이 찌도록 강제개변 당했기 때문에, 체중조절에 항상 신경 쓰고 있으며 최근에는 당분 섭취를 줄이기 위해 좋아하는 과일도 식단에서 제외하기로 했다.

생추어리 이곳저곳을 신중하게 탐색하던 새벽이는 뒤뜰에서 우리가 흔히 '잡초'라 부르는 풀들을 마구 뜯어 먹기 시작했다. 활동가들이 모여 생추어리 입주 공사를 직접 해냈는데, 그때 뜯어낸 잡초들이 아주 아까울 정도로 새벽이는 생추어리 주변의 풀들을 맛있게 맛보았다. 그렇다고 아무 풀이나 먹는 것은 또 아닌데, 바랭이와 쇠뜨기 그리고 환삼덩굴을 골라서 즐겨 먹었다. (새벽이 덕분에 나는 그간 모르고 살았던 '잡초'들도 구분할 수 있는 동물이 되었다) 새벽이에게 위협적인 이 세상에서 새벽이와 안전하게 함께 살아가기 위해서는 어쩔 수 없이 돈이 필요했지만, 새벽이는 본래 '돈'을 먹지 않는 존재라는 걸 잠시 잊고 있었다. 새벽이가 그릇에 담긴 채소들을 만족스럽게 먹는 모습도 행복해 보였지만, 예민하게 발달한 코로 냄새를 맡고 땅을 탐색하며 원하는 것을 직접 찾아 먹는 새벽이의 모습이 가장 자연스럽고 즐거워 보였다.

돼지는 본래 청결을 좋아하는 동물로 스스로 화장실과 생활공간을 엄격하게 분리한다. 그리고 돼지는 땀샘이 없어서 진흙목욕으로 체온을 조절해야 하는데, 감금된 돼지들은 진흙이 아니라 서로의 똥과 오줌을 맞대고 비비며 도살장에 끌려간다. 사회는 폭력적인 상황에 동물들을 내

몰아놓고 아무래도 괜찮다고 한다. 또 불과 몇십 년 전만 해도 돼지는 인간 변소 밑에서 인분을 먹었다. 인분과 잔반을 먹어 잡내가 난다는 이유로 지금처럼 많이 먹지도 않았다고 한다.

　동물들이 차별받은 제 몸을 직접 드러내며 정부와 산업·경제·교육·문화 등 모든 분야에 나서서 투쟁할 수 있다면 얼마나 좋을까? 그런데 정부세종청사 앞에 수십 명의 돼지가 직접 몸을 드러내는 현장이 실제로 벌어졌다. 잔반급여 '금지반대' 농림축산식품부 규탄대회 자리였다. 잘 읽어야 한다. 음식물 쓰레기를 주는 것을 반대하는 게 아니라 음식물 쓰레기를 주는 것을 금지하는 걸 반대하는 의미다. 정부의 잔반급여 금지마저도 돼지 삶의 복지를 고려한 차원이 아니었다. 아프리카돼지열병으로 동물에 대한 신속한 도살에 차질을 빚으면서 마련된 미봉책에 가까웠다. 아프리카돼지열병의 주원인으로 결국 돼지가 음식물 쓰레기에 섞여있던 감염된 돼지를 먹는 잔반이 문제 되었기 때문이다. 축산 농가는 도시의 음식물 쓰레기를 처리해준 대가로 돈을 받아왔기 때문에 정부가 이를 금지한 것에 대해 들고 일어나, 당사자 돼지를 수십 명 데리고 와 높은 트럭에서 떠밀어 세종청사 앞에 내동댕이쳐버린 것이다.

　사람들이 보지 않는 곳에 감추어진 곳에 돼지들은 쓰레기 같은 걸 먹고 '쓰레기처럼' 대해지다 도살된다. 그러나 많은 시민은 자신이 먹은 돼지가 음식물 쓰레기를 먹은 돼지라는 사실에만 분노하였다. 우리는 세종청사 앞에 몸을 드러내게 된 이들에 집중했다. 당신들이 광장에 나와도 아무도 몰라봐 주는구나. 감금되어 있던 돼지를 청사 앞에 내동댕이친 행위가 동물학대라는 말이 이어 나왔다. 정말 아프고 정말 무서웠을 것이다. 하지만 가장 무서운 동물학대는 전혀 주목 받지 못하고 주변에 만연해 있었다. 새벽이의 고집스러운 식사 취향을 보면서 그 폭력들이 더 끔찍하게 와닿았다.

식사 중 만족스러운 표정을 짓는 새벽이

세상과 새벽이의
변화하는 관계

어쩌면 누군가는, 활동가의 집으로 옮겨온 1개월령에서 2개월령 사이의 새벽이의 모습을 보고 돼지와 가정집에서 사는 것도 괜찮겠다 생각할지도 모르겠다. 하지만 인간을 위해 설계된 집은 새벽이에게 충분하지 않았다. 물론 새벽이가 내 팔뚝만 할 때는 집에서 어느 정도 지낼 수 있었다. 그러나 한 달이 넘는 시간을 집에서 함께 보내는 동안 새벽이는 날마다 느껴질 정도로 무럭무럭 자라기 시작했고 습성 차이나 신체적 특성으로 점점 어려움에 맞닥뜨렸다.

새벽이는 튼튼한 코로 온 집안의 장판과 벽지를 들어내고, 물그릇과 밥그릇을 뒤엎었다. 그때마다 활동가들은 쉴 새 없이 바닥을 치워야 했다. 일을 시작하면 끝을 봐야 하는 새벽이는 찢어지고 뒤집어진 장판을 간신히 덮어 놓으면, 곧장 다시 와서 뒤집었다. 새벽이에게 나도 임시로 거주하는 집이니 제발 장판과 벽지만은 건들지 말아 달라고 애원했지만, 온 세상이 궁금한 새벽이의 호기심은 그 누구도 막을 수 없었다. 벽지와 장판을 뒤집지 못하게 막으면 새벽이는 불만스러워하는 목소리로 소리치고 밀어내며 콘센트까지 부쉈다.

그뿐만이 아니었다. 새벽이에겐 뾰족하고 두꺼운 발톱이 있었다. 마치 하이힐처럼 생겨서 어쩌다 새벽이에게 밟히면 절로 곡소리가 나올 만큼 아팠다. 한 활동가는 새벽이 발에 밟히는 순간 머릿속에 새하얗게 변하고 눈앞에 별이 핑 도는 게 보였다고 표현하기도 했다. 백 번 동의했다. 하지만 우리만 아픈 게 아니라 새벽이도 실내에서 많이 아팠을 테다. 우리의 평평하고 부드러운 발에 적합한 바닥은 새벽이의 발에는 좋지 않았다. 새벽이는 '고양이 우다다'* 처럼 넘치는 에너지를 발산하기 위해 이따금 힘차게 달리곤 했다. 하이힐을 신고 아이스링크를 달리는 게 어려운 것처럼, 새벽이는 달리다가 자꾸만 미끄러지거나 넘어졌다. 집안은 새벽이가 만족스러울 만큼 마음껏 달리기엔 너무 좁았고, 미끄러웠고, 또 벽이 많았다.

이처럼 새벽이가 타고난 습성대로 할 수 없는 일들이 차곡차곡 쌓이면서 새벽이도 우리도 스트레스가 쌓여만 갔다.

---

* 고양이가 사냥 본능에 억눌린 에너지로 집안을 질주하는 행위를 말하는 단어

그리하여 우리는 예정보다 서둘러 새벽이가 야외 생활을 할 수 있는 곳을 찾아보았다. 적어도 새벽이를 볼거리로 이용하거나 해하지 않고 안전하게 지낼 수 있는 곳을 절실하게 찾았는데, 감사하게도 한 동물권 단체의 보호소에서 단기간 거주를 할 수 있게 자리를 내어주었다. (해당 보호소는 단체가 개농장을 폐쇄하는 과정에서 구조된 개들이 임시적으로 거주하는 곳이었다. 학대 시설에서 넘어온 개와 돼지의 만남이었다.)

보호소 한쪽에 마련된 보금자리에 도착하자마자 새벽이는 제일 먼저 흙을 신나게 파댔다. 새벽이는 단단한 코, 그리고 뾰족한 발로 엄청난 에너지를 뿜어냈다. 장판이 아닌 흙바닥을 뒤집으며 뛰노는 새벽이의 모습을 보니 괜히 뭉클했다. 이 자연스러운 본능을 막기만 하던 우리가 얼마나 야속했을까. 우리는 작은 구덩이를 파 물을 넣어 진흙 목욕탕도 만들어주었다. 그때 나는 처음으로 새벽이가 진흙 목욕하는 것을 보았다. 새벽이는 집안 화장실에서나 하던 샤워 물놀이나 어설픈 수영장을 만들어줬을 때와는 비교조차 안 되게 여유를 만끽하는 표정을 짓고 있었다. 물 만난 물살이가 아닌, 흙 만난 돼지였다.

새벽이가 보호소로 이주했을 때는 태어난 지 2개월 반이 넘었을 때였다. 하지만 시간이 지나자 처음에는 마음껏 뛰어다니고 진흙목욕을 할 수 있었던 보호소마저 새벽이에게는 점점 작아졌다. 새벽이는 점점 흥분하기 시작했고, 이따금 갑자기 폭발하듯 거칠게 달려들었다. 또 그때가 4개월 정도의 아기돼지였음에도 불구하고, 새벽이는 활동가들을 무작정 물어댔다. 그 탓에 아프고 서러워 목놓아 엉엉 울던 활동가도 있었다. 서러움에 뚝뚝 흐르는 눈물을 닦으면서 동시에 새벽이에게 알맞은 식단과 환경을 조사하는 어느 활동가의 모습이 기억에 남는다. 그렇게 모든 것이 처음인 우리는 새벽이가 최대한 회복할 수 있는 환경을 제공하며 차근차근 관계를 맺어나가고자 했지만, 여전히 부족했다.

세상과 관계 맺는 새벽이의 모습

찐 감자와 바나나를 좋아하는 새벽이

아프리카돼지열병으로 '애완'돼지조차 살처분하는 현실에서 새벽이가 안전할 수 있는 땅을 찾는 것은 불가능에 가까웠다. 활동가들은 어떻게든 관계를 맺어야 했고, 새벽이는 충분하지 않은 환경에서 쌓인 스트레스로 예민해져 있어 곤란한 상황이 계속되었다.

그러다 생추어리에서 넓은 땅을 접하고 풀을 뜯어도 보고 흙도 더 마음껏 팔 수 있는 환경이 되자 새벽이에게 처음으로 여유가 생겨났다. 생추어리에 처음으로 입주하던 날, 새벽이는 제대로 된 진흙목욕을 했다. 그때 그 순간을 지금도 잊지 못한다. 새벽이가 서서히 진흙목욕탕 안에 들어가 이내 곧 몸을 누이고, 정말 행복해 보인다고 말할 수 있는 표정으로 진흙에 얼굴을 비비었다. 당시 모여있던 사람들 모두 감동해 경탄하고 눈물을 흘렸다. 우리들의 목소리에 놀라 진흙목욕탕에서 뛰쳐나가는 것은 아닌가 걱정했지만, 새벽이는 아랑곳하지 않고 진흙목욕을 즐겼다. 새벽이는 이전에 비해 훨씬 차분해지고 성숙해진 분위기를 풍겼다. 그 전의 모습들은 새벽이의 자연스러운 욕구가 전혀 충족되지 못한 환경에서 비롯된 것임을 우리는 뒤늦게 알게 되었다.
새벽이는 처음 밟은 생추어리의 온 땅을 코로 헤집고 다니며 확인했다. 생추어리로 이주한 반나절 만에 새벽이는 자신이 원하는 위치에 오목한 흙 침대도 만들었다. 잡초로 무성했던 땅을 코로 '손수' 한 코 한 코 향긋한 속흙을 꺼내 어두고 원하는 대로 정돈하는 작업을 반복했다. 집 안에서 살 때 이불과 장판을 코와 발로 뒤집고 쓸던 행동이 다시 보였다. 새벽이는 그렇게 제 몸에 딱 맞는 크기의 흙 침대에서 낮잠을 자고 쉬었다.

새벽이는 실내생활과 보호소 생활을 거치며 환경 탓에 마음껏 뛰어다니며 자라지 못했다. 생추어리에 막 입주했을 때까지만 해도 새벽이는 체력이 부족했다. 뛰는 것을 좋아 했지만, 조금만 뛰어도 숨이 차 멈춰서 헉헉거리곤 했다. 나는 새벽이의 체력을 회복하기 위해, 새벽이가 좋아하는 감자를 들고 함께 달리기 시작했다. 얼마 지나지 않아 헉헉 거리는 동물은 나로 바뀌었다. 새벽이는 이제 개울도 여유 롭게 뛰어넘고 경사진 땅에 편하게 올라 풀도 마음껏 뜯어 먹는다. 내가 그 경사진 땅에 앉아 엉덩이로 덜덜 떨며 내려 갈 때 새벽이는 단숨에 오르내리곤 했다. 그 모습이 마치 동에 번쩍 서에 번쩍하는 홍길동 같았다.

새벽이는 강제개변된 탓에 체중조절에 계속 신경을 써야 하지만, 적어도 생추어리에 이주한 이후로는 몸이 훨씬 탄탄 해지고 피부도 두꺼워지며 날렵해지기 시작했다. 미디어

에서 곧잘 묘사되는 게으르고 뚱뚱하며 탐욕스러운 '돼지'
는 그들이 겪은 학대로 왜곡된 모습일 뿐이었다.

　우리가 그렇듯, 새벽이도 세상과 맺는 관계에 따라 성장
하고 변화한다. 앞으로도 새벽이는 이 글에만 갇혀있는 것
이 아니라 예측할 수 없이 무수한 변화를 거치며 성장할 것
이다. 우리가 하나의 우주인 것처럼 개별적이고 고유한
우주를 품은 새벽이를 이 글에만 가두어 비교하고 대조하듯
바라보지 않길 바란다.

세상과 관계 맺는 새벽이의 모습

왜 생추어리인가?

향기

"이곳은 본래 먹히기 위해서 태어난 존재라는 낙인을, 우리와는 근본적으로 다르게 태어난 존재라는 단절된 인식을 부숴버린다. 그리하여 인간들끼리 '우리가 소유했다'라고 착각하는 똑같은 땅 위에 갑자기 어느 한 곳을 울타리로 둘러싼 다음 '생추어리'라 부르는 이 급진적인 행동은 강력한 동물해방 운동이 될 것이다."

생추어리 설립투쟁사 1
난민 새벽이, 빼앗긴 들을 점거하다

"생추어리는 지상낙원이나 동물해방이 아니다.
그러나 이곳에서 우리는 동물해방을 상상할 수 있다."

새벽이생추어리를 소개할 때 빠지지 않는 말이다. 이 말은 국내 최초로 지어진 생추어리의 방향성을 정확히 드러낸다. 혹여라도 새벽이생추어리를 목가적이고 평화롭기만 한 이미지로 소비하지 말자는 일종의 다짐이자 방지책이었다. 이 배경에는 전국 방방곡곡 생추어리 부지를 찾아다니며 느낀 현실 인식이 있었다. 새벽이는 유례없는 학살 전쟁 속 '난민'이라는 것, 이것이 무엇을 뜻하는지 이야기해보고자 한다.

'물건' 취급받던 새벽이의 삶은, 끊임없이 돼지를 '생

72

산'해대는 종돈장에서 벗어난 후 분명히 달라졌다. 그러나 그가 살아갈 사회까지 달라진 것은 아니기에, 그가 동물답게 살아갈 수 있는 공간은 정말 찾기 어려웠다. 땅값이 그나마 저렴한 도심 외곽 지역에는 곳곳에 도살장과 농장이 즐비해 있었고, 연례행사처럼 발생하는 '가축 전염병 살처분'의 존재 때문에 그 주위는 상당히 위험했다. 그 끔찍한 살처분 현장을 마주하고도 사회는 크게 바뀌지 않았다. 살처분의 목적은 더 많은 돼지를 죽이기 위한 '전략적 예방책'이기 때문이었다. 이토록 폭력에 무감하고 일상적인 죽음이 가려지는 사회였기에 새벽이는 반드시 살아남아 증언해야 했다. 그리하여 우리는 당시 악명을 떨치던 아프리카돼지열병 살처분의 위협을 조금이라도 벗어나기 위해 최대한 도살장과 농장 근처를 피해 땅을 찾아다녔다.

하지만 괜찮다고 생각한 땅 옆에는 어김없이 돼지농장이 있었다. 곳곳에는 셀 수 없을 만큼 무수한 '새벽이'가 있었다. 농장, 도살장, 살처분 매몰지에도, 육가공업체에도, 개농장 한켠에도, 편의점과 마트에도 있었다. 심지어 땅을 소개해주는 이의 손에도 들려 있었다. 이 사회가 비유가 아닌 진실로서 '거대한 무덤'임을 깨닫게 되는 순간이었다. 축산동물이 이렇게 다루어지는 현실이 바뀌지 않는 한 '낙원'을 만든다는 것은 불가능해 보였다.

이 아름다운 강산에 새벽이 몸 하나 편히 누일 곳이 없다니. 계획했던 후보지들이 번번이 무산되며 나는 서러운 마음을 삼켰다. 낯선 감정은 아니었다. 살던 곳에서 안전을 위협받고 무작정 뛰쳐나와 거리를 배회할 때가 떠올랐다. 내 한 몸 누일 곳 없다는 것을 마주할 때 느꼈던 서러움, 그리고 모두가 저마다의 공간을 보장받지 못하는 이유는 사실 우리 중 아주 극소수가 그 많은 집을 독차지했기 때문이라는 것을 알았을 때 느꼈던 분노. 그 감정들이 내몰린 새벽이를 보며 다시금 떠올랐다.

모든 것을 밀어내고 **빽빽**하게 들어선 높은 건물들. 땅은 본래 모두가 함께 살아가는 터전이지 누군가가 '소유'할 수 있는 것이 아니다. 이 이상한 현실에 더해 인간이 비인간 동물에게 일방적으로 저지르는 유례없는 학살 전쟁*이 벌어지고 있었다. 새벽이는 이 전쟁 속에서 모두가 죽이려고 하는 바로 그 돼지였다. 동물 살해가 이윤이 되고, 축산업이 철저히 합법인 사회에서 '절도'되어 나온 돼지 새벽이는 살리는 것이 불법, 죽이는 것이 합법인 난민 중의 난민**이었다.

---

* "인류 역사를 통틀어 전쟁으로 인한 사망자는 6억 1,900만 명입니다. 우리는 사흘마다 그만큼의 동물을 죽입니다." - 다큐멘터리 <도미니언(Dominion)>
** 송다금, 「난민, 난민화되는 삶」에서 동물의 난민성에 대한 더 자세한 내용을 볼 수 있다.

이러한 학살 전쟁의 난민 새벽이는 내가 사회 취약계층을 위한 지원 제도를 이용해 겨우 구한 공간을 거쳐 개들을 위한 보호소에서 임시로 몸을 숨겨왔다. 그가 그렇게 위태로운 삶을 이어가는 도중 우리는 꿈꾸었다. 모든 땅을 소유하고 있는 소수의 자본가에 맞서, 새벽이가 감히 '주인'이 되어 살아가는 공간을. 공개구조된 동물이 그 어떤 목적으로도 이용되지 않고 존재 자체로 존엄한 모습으로, 최대한 자신의 습성에 맞게 새롭게 살아갈 수 있는 공간을. 결국 우리는 여러 사람의 도움을 받으며 땅 한켠을 어렵사리 소개받았다. 그리고 '시민권'이 없는 새벽이는 비유하자면 '점거(Squat)^{***}'를 시작했다. '고기'가 되라는 사회의 명령에서 이탈하여, 감히 도살되지 않았기에 새벽이는 이 땅 어디서도 종차별에서 자유로울 수 없는 것이다.

그런 상황에서 우리가 다짐한 생추어리가 이 땅에서 처음으로 시작되었다. 위의 배경에서 알 수 있듯, 초록 울타리로 둘러싼 100평 남짓한 땅을 '새벽이생추어리'라고

*** 스쾃은 무정부주의적인 사고에 기반을 둔다. 무정부주의자 콜린 워드는 "스쾃은 세계에서 토지 소유의 가장 오래된 형태이다. 우리는 모두 무단 점유자의 후손이다. 이것은 영국 여왕에게도 마찬가지이며, 영국 주택 소유자(그 집에서 살고 있는)의 54%에게도 마찬가지이다. 우리 지구가 모든 자연권 원칙들을 침해한 것이라는 점에서, 궁극적으로 그들 모두 훔친 땅을 받은 사람들이다"라며 스쾃의 정당성을 피력하기도 한다. (출처 : 위키백과)

부르는 이유는 단순히 이곳에서 새벽이를 '보호'하기 때문이 아니다. 동물을 먹지 않는 선한 사람들이 모여 '좋은 일'을 하기 때문도 결코 아니다. 일방적인 학살 사회의 조마조마한 순간을 지나 보내야 하는 하루하루들. 이것이 투쟁이 아니라면 도대체 무엇이 투쟁이란 말인가. "더이상 물러날 곳이 없다! 죽고 싶지 않다! 살 권리를 보장하라!"라는 외침을 새벽이생추어리에서 들어보지 못했다면, 그것은 고의로 듣지 않는 것에 더 가까울 것이다. 인도의 저술가이자 정치 운동가인 아룬다티 로이의 말을 빌려본다. "'목소리 없는 자'란 존재하지 않는다. 오직 침묵을 강요받았거나, 듣지 않으려 하기에 들리지 않게 된 자들이 있을 뿐이다." ****

새벽이는 언제나 온몸으로 폭력을 증언하고 해방을 이야기해오고 있다. "더 이상 죽고 싶지 않다! 이동권을 보장하라!" 라고 외치는 장애인 이동권 투쟁 활동가들이 지하철을 점거하듯, 우리는 "죽고 싶지 않다! 살 권리를 보장하라!"라고 외치며 폭력으로 점철된 땅 한 구석을 생추어리라 이름 붙이고 '점거'했다. 새벽이와 같이 살리는 구조 자체가 '불법'이며, 살아가는 것 자체가 '투쟁'이 되는

**** 수나우라 테일러, 『짐을 끄는 짐승들』 p.126-127에서 재인용

수많은 존재의 삶을 보장하라 외치기 위함이었다.

생추어리는 분명 외부의 기대만큼 낭만적인 곳도, 낙원도 아니다. 그러나 감금시설에서 공개구조 된 새벽이가 새벽이생추어리에서 보여주는 극적으로 달라진 삶의 이야기는 부정할 수 없는 강력한 동물해방의 씨앗이다. 이곳은 본래 먹히기 위해서 태어난 존재라는 낙인을, 우리와는 근본적으로 다르게 태어난 존재라는 단절된 인식을 부숴버린다. 그리하여 인간들끼리 '우리가 소유했다'라고 착각하는 똑같은 땅 위에 갑자기 어느 한 곳을 울타리로 둘러싼 다음 '생추어리'라 부르는 이 급진적인 행동은 강력한 동물해방 운동이 될 것이다.

문득 문학 시간에 배웠던, 일제강점기에 쓰인 시 「빼앗긴 들에도 봄은 오는가」(이상화)가 떠올랐다. "지금은 들을 빼앗겨 봄조차 빼앗기것네", 그럴 수는 없었다. 우리는 빼앗긴(혹은 우리가 빼앗은) 들을 '점거'하여 새벽이와 함께 '새로운 봄'을 맞기로 했다.

생추어리 설립투쟁사 2
'어차피 돼지가 살 곳 아니냐'는 말

새벽이생추어리를 조성하던 모든 과정을 우리는 '새벽이의 입장'에서 고려할 수밖에 없었다. 이는 우리가 놓쳤던 모든 작은 부분까지 세상을 다시금 바라보게 되는 것을 의미했다. 겨우 부지를 마련한 후 수많은 자원활동가와 함께 생추어리를 조성하기 시작하던 시기, 우리는 저마다 들떠서 삽을 들고 열심히 작업하다가도, 사회의 차별과 혐오를 끊임없이 마주하며 슬픔을 느꼈다. 이것은 지독한 종차별 사회에서 생추어리의 기반이 구축되는 과정에 관한 이야기다.

새벽이는 튼튼한 코로 직접 땅을 탐색하고 가장 마음에 드는 흙을 들춰내 이것저것 찾아 먹는 것을 좋아한다. 그렇기에 우리는 새벽이가 잘못 삼킬 수 있는 쓰레기 조각들을 줍기 시작했다. 그런데 공사 중 '땅속'에서 쓰레기가 나왔다. 새벽이가 제일 좋아하는 돼지감자 모종을 심기 위해 땅을 파던 중 누군가 땅속에 묻혀 있던 어마어마한 쓰레기 더미를 발견한 순간이었다. 음료수 캔, 비닐봉지, 플라스틱 배달 용기, 신발 조각, 화장품 뚜껑, 유리 조각 등 생활 폐기물을 태우고 난 후 땅에 묻은 흔적들이 눈에 들었다. 쓰레기 더미는 끝없이 나와 100리터짜리 마대 8개를 채우고도 잔여물들은 땅 이곳저곳에 흩뿌려져 있었다.

갑자기 솟구친 쓰레기들을 보니 어처구니가 없었다. 이 쓰레기들은 어디서 온 것일까? 순간 도시에 버려진 엄청난 양의 쓰레기들이 떠올랐고, 그 많은 쓰레기가 어디로 가는지

생추어리 공사 중 나온 엄청난 쓰레기 더미

떠올랐다. 끊임없이 생산하고 소비하고 쉽게 버리는 우리 일상의 종착지인 거대한 쓰레기 매립지. 그저 묻고 덮고 시멘트를 덧바르는 우리 사회의 단면이 이곳에서도 나타난 것이다. 서로가 서로의 양분이 되는 생태계의 순환이 아닌, 썩지 않는 것들을 그저 보이지 않게 덮어버리는 사회. 우리는 그만큼 견고한 단절 위에 살아가고 있다는 것을 다시금 깨달았다.

새벽이의 입장에서 보기 위해 네 발로 땅 위에서 보았다. 그러니 새벽이가 내 손바닥에 코를 가져다 따뜻한 콧김을 뿜어 대며 신나게 고개를 좌우로 흔드는 모습이 생각났다. 이어서 이곳 생추어리 땅 위를 뛰어다니며 흙 속을 신나게 헤집는 새벽이 모습이 자연스레 그려졌다. '앞발'에는 장갑을 끼고 '뒷발'에는 신발을 신은 내게 별거 아닌 이 작은 쓰레기 조각들이 온 피부로 흙을 느끼는 새벽이에게 그토록 위험해 보일 수 없었다. 그래서 우리는 이사 마지막 날까지 우리에겐 없는 새벽이의 튼튼한 코 대신 튼튼한 삽으로 열심히 땅을 헤집으며 쓰레기를 주웠다. 더 정확히는 쓰레기를 '줍다'가 아닌 인간들이 만든 쓰레기 유적지를 '발굴하다'에 가까운 노동이었다.

우리는 새벽이가 돼지답게 코로 땅을 파헤치며 스스로 먹을 수 있도록 돼지감자 모종을 생추어리 땅 이곳저곳에

퍼뜨려 심었고, 새벽이가 비비며 미는 힘을 버틸 수 있도록 나무 기둥을 땅끝 깊숙이 심은 후 주변 땅을 단단히 다졌다. 다행히도 쓰레기 유적지 발굴 작업 이후에는 많은 공사가 순조롭게 이어졌다. 초여름인지라 날씨도 크게 덥지 않고 공사 날마다 비도 빗겨 갔기에, 하늘이 새벽이생추어리를 돕는다는 생각마저 들 정도였다. 하지만 여전히 하늘이 돕지 못한 게 있으니, 그건 역시 우리 사회에 강하게 자리 잡은 종차별이었다.

　새벽이의 안방 공사가 이루어지던 시기였다. 안방은 비를 피할 수 있고 밤이 되면 안락하게 잠을 잘 수 있는 보금자리임은 물론, 주변 산에서 쉴 새 없이 이루어지는 멧돼지 '사냥'* 위험에 노출되지 않기 위한 공간이었다. 첫 생일을 2개월 앞둔 10개월령 새벽이가 앞으로 얼마나 클지도 고려했고, 어떤 디자인과 자재가 좋을지 고심하며 지역 목공소와 함께 목재로 이루어진 안방을 마침내 완성했다. 퍽 안락해 보이는 안방에 뿌듯해할 무렵, 생추어리 공사 과정을 구경하러 온 이웃 주민이 안방을 보더니 혀를 차기 시작

---

* 　동네 주민들의 말로는 멧돼지를 학살하는 와중 다른 반려동물이 멧돼지로 오인되어 총에 맞아 죽기도 하였다고 한다. 이런 폭력적인 현실에 우리는 더 불안할 수밖에 없었다.

새벽이생추어리 공사 과정

했다. "이게 대체 뭐 하는 집이냐. 돼지가 얼마나 힘이 센 줄 모르는 거냐. 돼지가 이 기둥에 등 한 번 비비면 다 무너진다. 문은 왜 이렇게 넓은 거냐. 비 오면 비가 다 들어오고 낮에 해가 뜨면 햇빛 다 들어올 거다." 쉴 새 없이 들려오는 말들을 듣다 보니 우리가 전부 놓친 부분들이라, 내가 무슨 짓을 한 건가 싶어 정신이 아찔해졌다. 새벽이에 대해 잘 안다고 했지만 이대로 진행되었다면 필연적으로 새벽이는 다칠 게 뻔했다. 그 원인은 새벽이에 대한 인간들의 무지에서 비롯된 '부실 공사'가 되었을 것이다.

이웃 주민의 피드백대로 우리는 안방 초기 공사 비용의 두 배가 넘는 돈으로 추가 공사를 진행했다. 원래 한 겹이었던 새벽이의 안방을 두 겹으로 늘리고 자재들을 이은 작은 나사를 빼고 굵고 커다란 못을 덧대어, 새벽이가 안방 벽에 몸을 기대거나 잘못 부딪혀도 끄떡없게 단단히 마무리하였다. 그리고 뻥 뚫려 있던 문의 2/3를 막아 햇빛과 비, 눈 등을 피할 수 있게 만들었다. 보수 공사를 도와준 사람은 새벽이 안방에 대해 조언을 해준 이웃 주민이었다. 돈을 벌기 위해 이곳저곳에서 일해봤다고 했는데, 특히 양돈장에서 일해본 적이 있다고 했다. 그는 양돈장에서 돼지들이 다 고만고만해 보여도 얼마나 힘이 세고 위험한지 알게 되었다며, 이곳에서 '돼지를 키울 거면' 제대로 하라며 혀를 차며 말했다.

하지만 사용한 중고 자재는 곰팡이가 핀 것들이 많았다. 우리는 곰팡이가 퍼지지 않은 새 자재로 지어주길 그에게 거듭 부탁했다. 아마 그가 과거에 일한 양돈장과 별반 다를 것 없는 곳에서 공개구조 된 새벽이는 여전히 '곰팡이성 피부염'으로 고생 중이었기 때문이었다. 새벽이는 심지어 생추어리 입주를 앞둔 시점에서도 병이 낫지 않아 약을 계속 복용 중이었다. 하지만 그는 새 자재가 얼마나 비싼데 '돼지'가 지낼 집에 그토록 많은 돈을 투자하는지 이해를 못하겠다며, 이럴 거면 안방 안에 '레드카펫'을 깔아주라고 비웃 듯 말했다. 고작 새벽이가 안전하게 비를 피할 수 있는 안방을 짓는 일에도 이 사회는 이토록 폭력적인 모습을 드러냈다. 나는 동물권 활동가로서 여전히 새벽이에 대해 무지했다. 그리고 기술을 제법 갖춘 이는 새벽이의 존재를 부정하고 있었다. 다음날 확인해보니, 결국 지어진 새벽이의 안방은 곰팡이가 잔뜩 낀 나무집이었다.

'어차피 돼지가 살 곳 아니냐', 왜 요청한 대로 새 자재를 쓰지 않았는지 항의하자 돌아온 답이었다. 새 자재 공급이 바로 되지 않아 눈에 보이는 중고 자재로 지었다는 말이 성의 없이 덧붙여졌다. '어차피 돼지가 살 곳이니' 다음에 생략된 굴욕적인 말들이 상상되었다. 새벽이는 이처럼 몸소 동물에 대한 우리 사회의 인식이 얼마나 비참한지 나에게 매일 보여 주었다. 나는 그게 너무 아파서 매일 눈물이 났다.

새벽이의 이사 날까지 우리는 매일 안방 벽에 낀 곰팡이를 닦아내고 소독해야 했다. 새벽이가 받은 혐오 어린 대우와 부족한 내 모습에 좌절감이 들기도 했지만, 함께 했던 많은 활동가가 함께 슬퍼하고 분노하며 힘을 내준 덕분에 다행히 늦지 않게 모든 곰팡이를 치워낼 수 있었다. 사람들은 자신이 느낀 슬픔만큼 정말 부지런히 몸을 움직였다. 우리의 눈물과 그 속에 녹아 있는 절실함과 함께, 우리는 이 사회에 서린 종차별을 조금씩 조금씩 닦아나갔다.

새벽이생추어리는 이러한 차별적인 현실 위에서 지어

졌다. 새벽이생추어리를 짓기 위해서 겪었던(혹은 지금도 겪고 있는) 차별과 혐오는, 없던 것이 솟아오른 것이 아니라 원래 존재하던 종차별적 인식을 새벽이가 몸소 드러낸 것이다. 우리는 끊임없이 생각했다. 이 사회에서 새벽이로 살아 간다는 것은 과연 어떤 의미일까.

2020년 5월 11일 새벽이생추어리 설립 공사 (위)
새벽이 안방을 만들며 (아래)

생추어리 설립투쟁사 3
내몰린 운동에는 합리성이 없다

'합리성'이 없다는 건 어떤 의미일까. 우리의 생추어리 설립 투쟁 과정을 곁에서 보았다면 이해가 쉬울 것이다. "아, 이게 바로 합리성이 없다는 것이구나!" 가난하고 무엇 하나 번듯하게 갖춘 것 없는 평범한 활동가들이 더 이상 내몰릴 곳도 없는 새벽이와 함께 벼랑 끝에서 생추어리를 시작했다. 그리고 그렇게 여유 없이 내몰린 상황에서의 운동은 합리성이라고는 찾아보기 힘들었다. 함께 울고 웃은 이야기들이 산더미 같이 쌓여 있다. 그중 '상징적인' 일화 두 개를 꺼내고 싶다.

생추어리 설립이 막 시작되었던 초여름, 택시를 타고 이동하던 도중 화분 두 개를 들고 가는 효경 활동가를 목격했다. 그 모습이 가히 충격적으로 남아있는데 이유는 이렇다. 버스정류장에서 새벽이생추어리까지 가기 위해선

언덕들을 넘어 들어가야 했는데, 효경은 자신의 몸집만 한 화분 두 개를 들고 올라가고 있었다. 한 화분을 먼저 앞쪽까지 들고 내려놓고, 다시 돌아가 또 다른 남은 화분을 다시 가져오는 과정의 반복이었다. 생추어리를 조성하고자 모인 활동가들은 그 누구도 차량도 없었고, 나아가 운전면허조차 없었다. 그런 환경 속에서 벌어진 상황이었다. 효경을 발견한 우리는 급하게 그를 택시에 태워 길을 함께 올라갔다.

당시 우리는, 모르는 누군가 와서 우연히 새벽이를 보게 되었을 때 그들이 새벽이를 다르게 인식해주기를 바랐다. 새벽이는 갇혀있던 농장의 철창을 넘은 덕분에 도살장의 '고기'가 되지 않았지만, 그를 다르게 인식하는 완전히 다른 사회에 살게 된 것은 아니었다. 활동가가 없는 공간에서 새벽이는 언제나 '고기'로 인식될 수 있었다. 사회의 인식을 넘어 새벽이가 농장의 철창을 넘어오게 된 새로운 행보를 응원하고 공존하는 가치를 이야기하고자 하는 사람들의 존재가 있음을, 그들이 새벽이 곁에 있음을 보여주고 싶었다. 설령 우리가 새벽이와 함께 있지 않을 때도 말이다. 그래서 효경은 담장에 새로운 의미를 담겠다는 일념으로 생추어리의 담장을 덮을 수 있는 덩굴식물 능소화를 두 개나 옮기고 있었던 것이다. 택시에 탄 효경 활동가는 이렇게 말했다. "마침 동료들이 택시 타고 등장해서 다행이었지. 내가 이렇게 늦으면 일손 부족할 텐데 싶어서, 가는 와중에도 조마조마한 마음이었거든."

생추어리를 조성하겠다는 일념 하나로 모인 수많은 활동가에게는 각자의 자리에서 막막한 현실을 살아내며 겪은, 정말 어처구니없는 경험과 웃기고 슬픈 일화가 많을 것이다. 미처 공유하지 못하고 기록하지 못한 사람들의 이야기들 그리고 앞으로의 이야기들도 궁금하다.

이제는 말할 수 있다며, 또 다른 동료가 전해준 이야기가 있다. 새벽이가 다른 동물권 단체 보호소에 머물렀을 때의 일화다. 우리는 매주 주말마다 멀리 떨어진 보호소에 갔다. 보호소에 가기 위해선 버스를 타고 택시를 갈아타며 꼬박 4시간이 걸리는 긴 여정이 필요했는데, 당시 내가 양손 가득 새벽이가 먹을 음식들을 바리바리 싸 들고 나타났다고 한다. 당시에는 새벽이생추어리가 조성되기 전이었고 직접행동DxE 활동가들과 시민, 그리고 동물권 단체의 연대로 새벽이의 돌봄이 이루어지고 있었다. 직접행동DxE의 공개구조와 이어진 방해시위 액션으로 시민들에게 새벽이의 존재가 알려지기 시작했고, 다행히 새벽이 돌봄을 위한 약간의 후원금이 들어왔다. 우리는 그것으로 새벽이의 음식을 구비할 수 있었다. 그랬기에 이미 보호소에는 새벽이를 위한 음식이 많이 있는 상황이었다.

그럼에도 당시 나는 새벽이를 위한 음식을 보따리 장수처럼 들고 갔고, 한술 더 떠 보호소가 있는 지역 버스터미널에 도착하자 새벽이를 위한 간식을 더 사야 한다면서 마트로 들어갔다고 한다. 거기다 동료 활동가들의 만류에도 불구하고 새벽이가 먹을 가장 깨끗한 바나나를 고르겠다며 '낱개로 포장된 바나나'를 골랐다고 한다. 동료들이 경악하면서 유기농 바나나가 아닌 이상 모든 바나나가 다 비슷한 상태일 테니 평범한 바나나를 사서 물에 깨끗이 씻어주면 되지 않겠냐 만류했고, 거기에 대한 나의 대답은 정말 가관이었다. "포장된 것이 사람 손을 덜 타서 가장 깨끗할 거야."

부끄러워서인지 기억에서 지워버린 것 같지만 제대로 부정할 수도 없다. 당시 하루만 지나도 몰라볼 정도로 새벽이가 쑥쑥 크는 모습을 보면서, 나는 경이로움과 동시에 매일매일 걱정과 불안함을 느꼈다. 새벽이가 점점 커가면서 구조 직후인 아기 때와 달리 갈 수 있는 병원이 점점 줄어들었고, 새벽이가 생후 4~5개월이 넘어가는 시점에서는 병원에 직접 방문할 수 없게 되었기 때문이다. 몸집이 큰 농장 돼지는 병이 들거나 다치더라도 치료하지 않고 오히려 도살하여 '고깃값'을 버는 것이 상식인 사회였다. 이러한 세상 속에서 훌쩍 커버린 새벽이는 의료 지식과 정보, 장비와 체계가 없다며 진료를 거부당한 것이다.

당시 나는 새벽이의 건강에 무척 예민해져 있었고, 매주 처방받은 약욕을 포함해 새벽이의 건강 관리에 곤두서 있었다. 그래서 낱개로 포장된 바나나를 고집하며, 이게 사람 손이 덜 탔다니, 그래서 더 건강할 거라니 등의 말 따위를 했던 것 같다. 고맙게도 당시 동료는 내게 어떤 설득보다 응원이 필요해 보였다며, 목 끝까지 차오른 말을 삼키고 묵묵히 낱개로 포장된 바나나를 구입해 함께 새벽이를 만나러 갔다고 한다. 아무것도 모르는 새벽이는 그 바나나를 맛있게 먹었다고 한다.

이렇듯 우리는 당장 눈앞에 닥친 새벽이 돌봄, 생추어리 운영을 감당하느라 무척 바빴다. 거기다 서울애니멀세이브 기획과 운영, 직접행동DxE 활동 그리고 재판 준비를 함께 하고 있을 때였다. 운전면허 취득과 활동을 위한 차량 후원 등은 우선순위에서 계속 밀려날 수밖에 없었다. 무엇보다 한국 사회에서 동물해방을 위한 풀뿌리 운동을 시작하는 상황에서 운전면허 학원을 등록할 수 있는 여유 자금이 있는 사람조차 우리 중에는 없었다. 당시 모든 활동가는 세 종류의 활동 운영과 함께 한두 개 이상의 파트타임 알바노동을 전전하고 있었다. 점점 더 더워지는 날씨, 나와 동료는 생추어리 물품을 등에 지거나 음식 바구니를 양손에 들고선 생추어리로 걸어가며 서로 낙관적인 위안을 주고받았다. "시외버스와 택시로만 이동 가능했던 보호소 때와 달리, 이제는 전철과 도보로 생추어리에 가서 새벽이를 만날 수 있게 되었잖아. 우리가 만든 이 변화에 의미를 두자. 앞으로 점점 더 좋아질 거야."

책임을 진다는 것은 곧 함께 위태로워진다는 것을 의미했다. 이윤을 만드는 것이 목표가 아니었기에 어떠한 성공과 명예도 보장할 수 없었다. 대신 우리가 이곳에서 온 삶을 다해 주력했던 것은 새벽이가 새벽이다움을 회복하는 일, 그리고 우리가 단순히 그를 시혜적으로 돕는 것이 아닌 함께 새벽이의 자리로 내려가 관계 맺으며 투쟁할 수 있는 기반을 만드는 일이었다.

우리는 이처럼 차가 없어서 보부상처럼 새벽이가 먹을 채소들과 잡다한 짐들을 이고 지면서 다니고, 부족한 의료 인프라에 불안해하며 낱개로 포장된 바나나를 구매하는, 그야말로 비경제적이고 비합리적이고 비효율적인 운동을 자처했다. 지금은 웃으며 얘기 나누지만, 그때는 정말 비장했다. 그만큼 우리의 상황이 절박했기 때문이리라.

새벽이생추어리는 이런 벼랑 끝 상황에서 차마 웃지만은 못할 헌신적인 돌봄 투쟁에서 제 모습을 조금씩 갖추어 갔다.

'봉사'가 아닌,
삶의 위치를 옮기는 저항

　날마다 다른 새벽이의 하루에는 돌봄이 빠지지 않는다. 돌봄에는 식사 준비와 설거지, 택배 정리, 응가 치우기, 진흙 목욕탕 청소하기, 독초 제거하기, 땅파기, 동물해밭(새벽이생추어리 옆의 밭) 가꾸기, 새벽이의 잠자리 정리정돈하기 등이 있다. 돌봄 업무들 또한 매번 같지 않고 계절의 변화나 새벽이의 상태 등 수많은 변수에 따라 조금씩 달라지곤 했다.

　예를 들어, 여름에는 진흙목욕탕이 초록빛으로 변하는, 이른바 '녹조'가 자주 껴서 관리가 많이 필요했다. 날이 더워지면 새벽이는 진흙목욕을 자주하다 못해 아예 진흙목욕탕에서 잠자고 밥을 먹기도 했다. 활동가들은 이런 새벽이를 위해 매일 진흙목욕탕을 신경 써서 청소해야 했다. 새벽이생추어리의 진흙목욕탕은 흐르는 개울이 아니라 우리가 땅을 파서 만든 곳이어서 물순환이 정체된 웅덩이다. 거기다 새벽이가 진흙목욕탕에 음식을 가져와 먹으면서 흘린 음식 조각들이 여기저기 흩어지기도 했다. 이러한 이유로 진흙목욕탕의 녹조 현상은 불가피한 일이었고, 특히 여름에는 더 꼼꼼히 관리하는 수밖에 없었다. 반대로 겨울에는 매일 청소할 필요가 없었는데, 겨울에는 진흙목욕탕이 꽁꽁 얼어버려서 간간이 얼음만 깨면 됐기 때문이다.

그럼 겨울에는 할 일이 적을까? 겨울에는 또 겨울에 할 일이 많이 있다. 앞서 말한 것처럼 진흙목욕탕이 꽁꽁 얼듯이 모든 것을 얼려버리는 날씨 탓에, 겨우내 아침에는 늘 새벽이가 마실 물과 식사를 녹이는 업무가 추가되었다. 그리고 생추어리 곳곳에 생기는 얼음을 치우거나 깨뜨려야 했다. 이처럼 돌봄 업무들은 상황에 따라 조금씩 변했다. 그럼에도 새벽이가 본래 누려야 하는 모습들을 조금이라도 회복할 수 있도록 하는 데 모두 필요한 일이라는 공통점이 있었다.

그렇다면 이런 궂은일들을 하는 활동가들은 대체 누구일까? 특출난 사명감을 가진 영웅? 혹은 하늘에서 내려온 천사? 아니, 우리 주변에서 흔히 볼 수 있는 평범한 사람들이다. 새벽이생추어리의 SNS에서 함께 일하자고 올린 모집 게시물을 보고 모인 인간 동물들이다. 이들은 도살장에서 본 돼지를 생각하며 모이기도 했고, 공개구조 된 생존자 새벽이

흙과 교감하는 새벽이

에 대한 뜨거운 연대감을 가지고 제 발로 찾아오기도 했다.
이들은 모두 저마다 다양한 동기를 가지고 함께 하고 있다.

　이러한 돌봄 업무와 관련해 한가지 일화를 소개하고 싶다.
처음에 우리는 '봉사자'라는 이름을 사용했다. 우리는 매달 말
'봉사자 모집' 포스터를 올리며 몇몇 활동가끼리만 돌아가며
감당하고 있었던 독박 돌봄을 본격적으로 나누고자 했다. 더
중요한 이유로는 새벽이의 존재를 통해 우리 사회가 책임이
있다는 것을 명확히 드러내기 위해서였다. 매년 한국에서만
1,700만 명의 돼지가 살해된다. 이 압도적인 홀로코스트 사회
는 우리 모두가 만든 것이다. 그렇기에 '공개구조' 된 유일한
생존자 새벽이에 대한 돌봄에는 마땅한 사회적 책임이 따

른다. 우리는 이러한 책임에 연대를 요청한 것이다.

그렇게 매달 말 '정기봉사자 모집' 포스터를 공개했다. 그러나 이후 '봉사'라는 단어에 대한 문제의식으로 2020년 12월 18일부터 더 이상 새벽이생추어리 안팎으로 '봉사'라는 표현을 사용하지 않기로 결정했다. 이 과정에는 노들장애인야학에서 오랜 기간 장애인 인권운동을 경험했고, 이를 바탕으로 동물권 운동까지 닿게 된 동물권/인권 기록 활동가 홍은전님의 피드백이 있었다. 장애인 인권운동에서는 '봉사'라는 단어를 쓰지 않는다. '장애인이 불쌍하니까 도와준다'는 인식이 담겨 있다는 문제의식 때문이다.

이전에도 한 활동가가 '봉사자' 대신 '자원활동가'로 바꾸면 어떻겠냐고 제안하기도 했었다. 좋은 제안이었지만 굳이 수정할 필요까지는 없다고 생각하며 별 대수롭지 않게 넘어갔던 기억이 난다. 하지만 이것은 단순한 명칭 변경의 문제가 아니었다. 우리가 간과했던 건 새벽이와 맺는 관계에 관한 고민이었다. 내 안의 뿌리 깊은 종차별 인식이 새벽이를 '권리의 주체'가 아닌 '봉사의 대상'으로 둔 것이다. 순간 그동안의 시혜적인 태도가 낯부끄럽게 느껴졌다. 그 후 새벽이생추어리를 유지하고 새벽이를 돌보는 하루하루의 투쟁을 그저 시혜적인 '봉사활동'으로 비치지 않게 하자는 경각심이 우리 안에서 세워졌다.

새벽이를 돌본다는 것은 새벽이의 삶을 함부로 통제하고 휘두르는 일이 아니다. 어떠한 경제적인 이윤을 내서 자본을 쌓기 위한 일도 아니며, 새벽이를 시혜와 동정의 프레임에 가두기 위한 것도 아니다. 그러므로 우리는 '봉사자'가 될 수 없고 '사육사'가 될 수도 없다. 그렇게 새벽이생추어리는 안식처이자 피난처의 공간이 된다. 새벽이가 오롯이 스스로를 돌보며 살아갈 수 없게 만든 이 사회에서, 새벽이의 일상은 곧 투쟁이 된다. 그 투쟁의 길에 연대하는 활동가와 새벽이의 관계는 선의로 불쌍한 이를 도와주는 일방적인 것이 아니다. 이 관계는 삶의 위치를 옮김으로써 인간과 동물을 가르는 위계적인 이분법에 저항한다. 그 순간 우리는 '동등한 동물'이 된다. 날마다 다른 하루를 만들어가는 새벽이처럼 우리는 새벽이생추어리에서 '인간중심성'이라는 견고한 껍질을 조금씩 벗겨내며 비로소 함께 관계 맺는 '동물'이라는 감각을 익혀간다. 홍은전님이 활동한 노들장애인야학 홈페이지 소개란에는 아래와 같은 말이 쓰여있다.

노들장애인야학,
'당신의 해방과 나의 해방이 연결된 공간'입니다.

"만약 당신이 나를 도우러 이곳에 오셨다면 당신은 시간을
낭비하고 있는 것입니다. 하지만 당신이 여기에 온 이유가
당신의 해방과 나의 해방과 연결되어 있기 때문이라면,
그렇다면 함께 일해봅시다."

- 멕시코 치아파스의 어느 원주민 여성

생추어리에 있는 새벽이

왜 생추어리인가?　　　99

돈(money)이 아닌
돈(pig)과 함께 살아가기

대체 이 사람들은 누굴까. 누군데 이 각박한 사회에, 그 누구도 신경 쓰지 않는 '돼지' 옆에서 이렇게 무모해 보이는 일을 하고 있는 걸까. 도대체 새벽이생추어리는 어떻게 운영되고 있을까. 기업 혹은 정부 지원금이라도 받는 걸까. 그러니까 돈(money) 이야기다. 정확히는 새벽이생추어리 운영 자금에 관한 이야기를 해보려고 한다.

새벽이생추어리는 100% 시민 후원으로 운영된다. 평범한 시민들의 연대로 살림살이가 꾸려진다. 후원금은 크게 사업비와 운영비로 나누어진다. 사업비는 새벽이생추어리 거주 동물을 위한 식비와 생활용품 비용, 의료비, 환경 조성 비용, 소모품비, 전기 사용료, 그리고 돌봄 활동가들을 위한 식비 지원, 교통비 지원 등으로 구성된다. 운영비의 경우 회의비와 접대비, 수수료, 대여비, 우편요금 등으로 나누어진다.

만약 계정과목에 더 궁금한 점이 있다면 후원자가 되어 매달 후원금이 어떻게 쓰이는지 자세하고 흥미로운 소식을 받아 궁금증을 해결할 수 있다!

그런데 위의 계정과목 중 빠진 게 있어 보이지 않는가? 돈(pig)과 함께 살아가는 사람들! 바로 새벽이생추어리를 운영하는 활동가 '새생이'를 위한 활동 지원비다. 아무리 돈(money)이 아닌 돈(pig)과 함께 살아간다지만 활동에 돈은 정말 중요하고 필수적이다. 그러나 새벽이를 공개구조하고 2년 가까운 시간이 흘렀지만, 여전히 정기적인 활동비를 받으며 일하는 전업 활동가는 없다. (2021년 6월 기준)[*]

대신 활동비 지원 없이 무급으로 24시간 온/오프라인으로 일하며 각자 알아서 생계노동을 병행하는 '파트타임' 활동가들이 있다. 사실 무급으로 활동할 뿐만 아니라 새벽이생추어리가 만들어지기 전에는 식비 일부를 활동가들의 사비로 충당하기도 했다. 어떤 활동가는 자신의 알바비를 쓰기도 했으며, 어떤 활동가는 현금이 없어서 휴대폰 소액결제로, 또 누구는 자신의 용돈을 떼어 새벽이의 음식을 주문하기도 했다.

---

[*] 새벽이생추어리가 독립적으로 조직된 이후로 2021년 7월 4일, 첫 상근 활동가 탄생을 위한 모금이 진행되었고 현재는 한 명의 상근 활동비가 보장되고 있다.

전체든 일부든 활동가의 사비가 쓰인다는 것은 문제가 있다. 사회가 아닌 개인에게 책임이 몰린다는 것도 문제였다. 그렇게 쌓인 부담은 동물권 운동의 불안을 야기했고, 비슷한 문제가 계속 반복되었기에 우리는 다른 방법을 적극적으로 모색해야 했다. 가장 먼저 SNS를 만들었다. 새벽이만의 고유한 이야기를 공유하며 이 사회에 새벽이가 존재한다는 사실부터 조금씩 알리기 시작했다. 아이디는 'dawn_thepig', 소개 글은 '고구마보다 감자'로 지었다. 소개 글을 뭐라고 쓸지 머리를 싸매고 있을 때, 실제로 눈앞에서 고구마는 빼고 감자 조각만 골라 먹고 있던 새벽이의 모습을 보곤, '일단 직관적으로 가자!'는 마음으로 적은 문구다. 돼지 새벽이의 호불호 강한 취향을 알리고자 썼던 이 일곱 글자가 추후 '돼지 = 감자를 좋아하는 동물'의 공식을 만들게 될 줄은 그땐 몰랐다. 2019년 9월 중순, 새벽이의 존재와 이야기를 알리고 활동가 사비를 줄이는 모금 활동을 시작하기 위해서 만들어진 이 SNS 계정은 새벽이생추어리가 독립적으로 조직된 이후 줄곧 운영되고 있다. 2021년 1월 1일, '새벽이(@dawn_thepig)'에서 '새벽이생추어리(@dawnsanctuarykr)'로 이름이 바뀌었다.

SNS가 만들어지자 후원 문의가 이전보다 더 많이 들

어오기 시작했다. 당시 정기후원 창구가 개설되기 전이라 현물 후원을 많이 받았다. 하나 같이 모두 소중한 후원 사례 중 정말 잊을 수 없는 에피소드가 있다. 새벽이가 감자와 고구마 같은 구황작물을 유난히 좋아한다는 이야기가 퍼지자 종종 감자 위주로 후원이 들어오기 시작했는데, 보통 한 바구니에서 한 박스 정도 받았다. 그러다 어느 한 후원자가 감자와 고구마를 무려 100kg나 보냈다. 제비가 물어다 준 씨앗을 심어 열린 박을 잘라보니 금은보화가 우르르 쏟아져 나왔다는, 〈흥부와 놀부〉 이야기가 절로 떠올랐다. 택배 도착 소식을 듣고는 현관문을 열어보니, 감자와 고구마 박스가 내 키보다 높게 산더미처럼 우르르 쌓여 있던 그 충격은 결코 잊지 못할 것이다. 꼭 횡재한 흥부가 된 기분이었다.

그리고 새벽이가 동물권 단체 보호소 생활을 할 때, 인근에 위치한 비건 식당에서 남은 음식을 후원받기도 했는데 그 일화도 하나 소개하고 싶다. 먼저 이탈리아 피사에 있는 이파시생추어리(Ippoasi Sanctuary)에 한 달 동안 자원활동을 다녀왔던 효경 활동가의 정보가 있었다. 이파시생추어리는 근처 마트에서 상품성이 떨어지는 과일과 채소들을 후원받아 동물들의 식사로 준다고 했다. 인간들이 원하는 모양에 부합하지 못하여 '상품성'은 떨어지지만 상태는 괜찮은 과일과 채소였기에, 활동가들이 아주 상태가 나쁜 부분들을 골라내는 작업만 거치면 먹는데 아무런 상관이 없다고 했다. 우리는 그 정보를 듣고 몇몇 마트에 문의해봤지만 아쉽게도 그런 과일과 채소를 얻을 수 있는 곳은 없었다. 대신 우연히 밥 먹으러 간 비건 식당에서 새벽이 이야기를 전했는데, 당일 장사가 끝나고 남은 뷔페 음식들을 줄 수 있다는 놀라운 답변을 들을 수 있었다. 그리하여 우리는 약 3개월간 아주 신선한 음식들을 꾸준히 후원을 받을 수 있었다.

당시 배고픈 활동가들을 위한 양념된 음식과 함께 새벽이를 위한 두부, 과일, 채소, 저염 반찬 등을 받았는데, 그중에서 새벽이가 제일 좋아했던 음식은 '녹두죽'이었다. 마침 새벽이가 보호소에서 지냈던 시기는 추운 겨울이었다. 새벽이는 커다란 대야 접시에 담긴 녹두죽을 단번에 후루룩 마실 정도로 녹두죽을 무척 좋아했다. 그 녹두죽에 새벽이가 외면하는 브로콜리, 토마토, 상추 등을 적당히 넣어 주면 그것들까지도 잘 먹을 정도였다. 아쉽게도 새벽이생추어리가 만들어진 이후로는 거리가 너무 멀어 후원을 받지 못하게 되었다. 그럼에도 후원이 거의 없었던 보호소 생활 3개월간, 당시 비건 식당의 도움은 정말 큰 힘이 되었다.

새벽이는 한 달에 약 '100만 원'을 먹고 살았다. 최대한 저농약으로 구매하여 베이킹소다에 과일과 채소를 빡빡 씻어 식사 준비를 하는 것으로 생활했지만, 식비가 모자라는 일이 종종 발생했다. 집중호우로 농산물 가격이 급등할 때, 보수공사처럼 예상치 못한 변수로 갑자기 목돈이 나가게 될 때 등 식비를 충당하기 어려울 땐 긴급 모금을 열어야 겨우 유지될 수 있었다. 새벽이가 생추어리에 입주한 날부터 나는 1년 안에 활동가들이 꾸준히 임금을 받으며 활동할 수 있는 걸 목표로 했다. 그러나 역부족이었다. 우리에겐 지금보다 더 많은 후원자가 필요했고, 그러기 위해서는 '돼지'라서 외면하는 이 사회의 종차별적인 인식을 더욱 깨부숴야 한다. 사실 이 어마어마한 식비와 여러 공사 비용이 발생하는 이유는 모든 땅을 인간들이 차지하고 있기 때문이고, 그 때문에 결국 새벽이가 '갇혀'있고, '자급'하지 못하기 때문이다.

그래서 우리는 가장 강력한 동물권 활동가인 새벽이의 이야기를 공유하며 사람들에게 돈(money)이 아닌 돈(pig)과 함께 살아갈 것을 제안한다. '돈'을 위해 이 끔찍한 홀로코스트도 마다하지 않는 피와 고통으로 점철된 자본주의 사회가 아닌, 그 안에서 고통받는 '돈'을 위해 서로가 서로를 돌보는 세상에서 함께 살자고. 우리는 '돈'과 함께 '돈'으로부터 해방되어야 한다. 우리는 우리가 아닌 모든 것과의 관계망 속에서 서로를 지탱하며 살아간다. 그렇기에 우리가 이 세상을 돌보는 만큼 이 세상도 그만큼 우리를, 아니 그 이상 우리를 돌볼 것이다. 이 운동은 모두가 해방된, 완전히 새로운 사회의 조각들을 미리 이 현실로 가져와 살아내는 것이다. 새벽이의 투쟁에 연대하며 함께 해방되자.

Bit.ly/새벽이생추어리후원

https://linktr.ee/dawnsanctuary

2021년 9월의 생추어리. 새벽이가 세상과 관계를 맺으며
변화하듯 생추어리도 끊임없이 변화하고 있다. ⓒ새벽이생추어리

평범한 돼지
새벽이의 하루

돼지는 규칙적인 생활을 좋아한다고 한다. 맨 처음 새벽이와 집에서 실내생활을 하며 이 정보를 접하였을 땐 그다지 와닿지 않았던 내용이었다. 내가 아는 규칙적인 생활이란 오전 7시 기상, 오전 8시 운동, 오전 9시 아침 먹기, 오전 10시 학원 가기 등 하루를 24시간으로 쪼갠 숫자에 해야 할 일을 붙이고 정해진 대로 수행하는 것을 의미했다. 그런데 새벽이의 모습을 관찰하니 일정한 시간에 정해진 일은커녕 아침에 일어나고 밤에 잠드는 것 외엔 규칙적인 생활과 거리가 멀어 보였다. 어느 날엔 나와 같이 늦잠을 자기도 하고, 밤에 자고 있다가도 거실에서 부스럭거리는 소리가 들리면 반드시 달려와 무슨 일인지 확인하다가 새벽에 다시 잠드는 일도 많았다. 그래서 나는 새벽이만 예외이거나 혹은 어떤 동물권 활동가가 돼지에 대한 환상을 갖고 쓴 내용 아닌지 반신반의하며 잊고 지내고 있었다.

그러나 생추어리에 있는 새벽이의 모습을 본 뒤, 그 말이 어떤 의미인지 어렴풋이 알아가고 있다. 문제는 인간의 생활에만 맞추어진 단절된 환경이었지, 새벽이의 문제가 아니었던 것이다.

　생추어리에 이주한 새벽이는 더운 여름날이면 오전 6시 쯤 누가 깨우지 않아도 스스로 일어난다. 그러다 해가 점점 짧아지는 겨울이 다가오면 기상 시각도 덩달아 늦어진다. 겨울에는 오전 7시쯤에야 일어나 아침을 먹는다. 매일 똑같은 가구들과 변함없이 평평한 마룻바닥, 그리고 해가 지고 뜨는 감각을 온몸으로 느낄 수 없도록 사방이 막힌 실내 환경에서 벗어난 새벽이는, 날마다 다른 하늘 아래에서 지구가 태양을 도는 속도에 맞춰 살아간다. 돼지가 규칙적인 생활을 좋아한다는 말의 의미는 일 년을 365일, 하루를 24시간으로 쪼갠 숫자에 맞춰 살아가는 것이 아니라 해가 뜨면 일어나고 해가 지면 잠드는 자연스러운 생활을 의미하는 게 아닐까.

　비가 오지 않으면 새벽이는 보통 코로 땅을 탐색하고 다니는 데 많은 시간을 보낸다. 누군가는 새벽이가 매일 똑같은 흙을 판다고 말하기도 하지만, 새벽이의 코를 따라가다 보면 다양한 것들을 볼 수 있다. 내 눈에는 다 똑같아 보이는 땅이지만 새벽이는 마음에 드는 흙과 관심도 없는 흙으로 나누어 인식한다. 새벽이는 마음에 쏙 드는 흙을 발견하면 깊숙이 코를 박고 맛을 보기도 한다. 그렇다고 해서 새벽이가 매일 같은 위치의 땅만 파서 흙을 먹냐고 하면, 그건 또 아니다. 마음에 드는 흙의 위치가 조금씩 변한다. 어쩌면 새벽이의 입맛이 바뀌어서일 수도 있고 아니면 나는 느끼기 어려운 땅 안팎 순환의 흐름을 어쩌면 새벽이는 모두 알아차리고 느끼고 있으리라 추측할 뿐이다. 그리고 어느 날에는, 나는 있는지도 몰랐던 야생 참외를 수풀 사이에서 발견하여 갑자기 참외를 먹고 있기도 했다. 참외는 새벽이의 취향 중 '호'에 가까운 과일이기 때문에, 새벽이가

평범한 돼지 새벽이의 낮잠

고개를 리듬감 있게 흔들면서 신나게 먹는 모습을 한참을 바라보았다. 새벽이의 입 사이사이에서 땅으로 떨어지는 참외 씨들을 보며, 나는 흙 위에 뿌려진 참외 씨들이 무럭무럭 자란 다음 언젠가 새벽이의 탐색으로 재회할 날을 상상했다. 우리에게는 낯선, '순환'이었다.

　새벽이는 무언가를 발견하고 맛보거나 가지고 놀 때, 코로 탐색하는 것을 잠시 멈춘다. 새벽이는 코로 무언가를 굴리는 것을 좋아하는 것 같다. 한 외국 생추어리에서 새벽이만 한 돼지가 신나게 공놀이를 하는 것을 보고 우리도 고무공을 사다 준 적이 있는데, 새벽이는 거들떠보지도 않았었다. 어떻게 갖고 노는지 모르나 싶어 새벽이에게로 공을 굴려봤지만, 스윽 피해버려서 나는 머쓱해진 채로 공을 회수해왔던 기억이 난다.

　그런데 어느 날 땅을 열심히 탐색하던 새벽이가 꼭 공처럼 뭉쳐진 촉촉한 흙덩어리를 발견하더니 혼자서 굴리고 노는 모습을 목격하였다. 새벽이는 흙뭉치 바닥면을 코끝으로 살짝 들어올리듯이 힘을 주었고, 곧장 굴러가는 흙뭉치를 따라갔다. 이러한 모습은 내가 보았던 외국 생추어리 영상 속 돼지가 하는 공놀이와 닮아 보였다. 이후로 새벽이는 우리가 준비한 공이나 페트병 등을 코로 굴리고 깨물어보면서 탐색하는 일도 종종 즐긴다.

새벽이는 흙뭉치나 공뿐만 아니라 사람을 굴려 버리기도한다. 친숙한 사람의 손바닥에 코를 대고 '꾹꾹이'(루팅)*하는 습관이 있는 새벽이의 행동을 받아주다 보면, 점점 몸쪽으로 코를 들이대는 새벽이에게 밀려나다가 결국 엄청난 코 힘에 사람 몸이 공처럼 굴러지는 일도 종종 일어난다.

이처럼 새벽이는 늘 분주하다. 인간처럼 출퇴근을 하거나 영화를 보거나 SNS를 하거나 책을 읽지 않는다고 해서, 새벽이가 밥 먹고 잠자는 것 외에 아무것도 하지 않으며 사는 것은 아니다. 오히려 온갖 자극적인 것으로 점철된 도시에서 많은 감각이 무뎌진 나의 하루보다는 멀리 보고 넓게 듣고 특히 발달한 코로 많은 것과 연결되며 살아가는 새벽이의 하루가 더욱 다채로워 보인다. 그저 새벽이 옆을 따라다니는 것만으로도 몰랐던 것들을 다시 보고 연결하고 상상하는 새로운 감각을 배우게 된다.

새벽이는 뜨거운 콧김을 내뿜으며 온 세상을 자신의 몸과 부딪혀가며 익히고 있었다. 우리는 새벽이의 몸 곁에서

---

* 꾹꾹이는 본래 고양이가 앞발을 오므리고 펴며 꾹꾹 누르는 행위를 지칭한다. 우리는 우리 손에 자신의 코를 대고 꾹꾹 누르는 어린 시절 새벽이의 행동에 이 이름을 붙여 설명하곤 했다.

우리 스스로의 따뜻한 체온, 변화하는 심장박동, 피부가 닿는 촉감 등을 새롭게 인지하게 되었다. 단절되었다고 생각하는 우리가 사실은 세상과 연결되어 있다는 걸 따스하게 느끼게 해주는 낯설지만 익숙한 감각. 우리가 어느새 잊어버렸던 동물적 감각, 바로 '동물답게' 살 권리였다.

우리의 철창을 넘어

은영

"나는 내가 가장 저주하던 그 모습 그대로 '농장동물'
앞에, 경찰의 폴리스라인 너머의 자리에서 서 있었다.
나 역시 가장 끔찍한 관계를 그들과 맺고 있었다.
우리가 어떻게 분리되어 왔는지, 내가 왜 괴롭고 힘들
었는지가 도살장 앞에서 비로소 이해되었다."

새벽이가 온 곳

　새벽이는 어디에서 왔을까. 어느새 훌쩍 커버린 몸짓으로 코로 세상을 푹푹 찔러보고 밀쳐내어 보고 있는 돼지 새벽이는 도대체 어디에서 나타난 걸까. 가려졌던 새벽이의 모습이 드러나자 새벽이를 본 많은 사람은 경외감을 감추질 못했다. 대부분의 사람이 새벽이의 존재를 모르고, 새벽이와 같은 존재들에 대해 전혀 모르고 살아가기 때문이다. 이상하다. 사실 아주 무서운 일이다. 한국 땅에서만 새벽이 몸 너머로 수천만 명의 돼지가 버젓이 존재하는데, 그들은 대체 어디에 있고 어떻게 태어나 어떤 모습으로 살아가는 것이며 우리는 왜 이들을 모를까. 우리가 보통의 사회에서 새벽이의 관해 알 수 있는 것이라곤 말 그대로 그를 어떻게 발라먹을지, 그가 가진 존엄한 몸의 부분 부분을 인간의 입맛대로 무섭게 재단하는 정보들뿐이다. 이 사회는 새벽이를 죽으라한다. 그리고 사회의 순리에서 어긋난 새벽이의 존재 자체를 불법이라 한다. 새벽이는 인간중심 사회를 분명 이동시키고 있으나, 정작 사회에서 자유롭게 이동할 수 없는 갇힌 존재다.

　끔찍해져 버린 우리의 일상이 새벽이를 가두었다. 그렇게 새벽이의 존재는 어느새 우리에게 당연해져 버린 일상에서 비롯되었다. 새벽이가 온 곳은 그만큼 평범하고 생각보다 너무 가까웠다. 새벽이는 우리의 일상이 된 차별과 혐오 속에 가려진, 그러나 분명히 그 안에서 몸부림치며 고군분투하고 있는 존재였다. 새벽이는 서울 너머 어디에나 있는 평범한 종돈장에서 직접행동DxE 활동가들에 의해 '공개구조(Open Rescue)'되었다. 공개구조는 무섭도록 단절되어버린 인간과 동물 사이에 놓은 차별과 혐오의 경계를 정면으로 넘어서는 행동이었다. 새벽이가 온 곳을 단순히 종돈장이라 정리할 수만은 없다. 살아내는 것이 불법인 새벽이가 DxE 활동가들에 의해 인간 중심적인 법의 경계를 넘기까지, 활동가들이 통과했던 시간은 곧 새벽이의 시간이기도 했다. 새벽이가 오게 된 경로, 활동가들이 마주한 새벽이의 시간을 거슬러 올라가 본다.

　새벽이가 오게 된 경로는 도살장에서 시작한다. 새벽이가 공개구조 된 2019년, 우리는 매주 도살장을 찾아다니고 있었다. 도살장을 찾아다니는 활동에 대해 많은 사람이 두려움을 이야기한다. 나도 직접 마주하기 전까지는 누군가 안에서 끊임없이 살해되고 있는 도살장이라는 공간이 어엿한 산업으로 존재한다는 사실에 대해 제대로 생각해 본 적이 없었다. 누군가를 죽여 얻은 살가죽과 살점이 도처에 가득한데 정작 그 죽음은 너무나도 낯설게 느껴졌다. 처음 도살장을 찾아가던 날 나는 뭐라도 직접 확인해봐야겠다는 문제의식 하나로 도살장으로 떠날 채비를 했었다.

처음 도살장을 출발하는 전날 밤, 그리고 도살장으로 가는 광역버스를 타고 이동하면서도 도살장은 과연 어떤 곳일지 떨리는 마음으로 공간을 내심 상상했다. 도살되는 동물들의 피가 도처에 낭자해 있을까? 끊임없는 비명이 내

진실의 증인이 되는 활동, 비질(Vigil) 시작

고막을 찌를까? 겁이 많아 채혈 때마다 제 피를 보고 픽픽 쓰러져버리는 내가 동물의 현실 앞에 기절해버려 혹여 이상한 모양새가 되는 것은 아니겠지 같은.

　막상 도착한 곳은 평범한 산업단지였다. 철근 등 공장의 부자재들이 트럭째로 운반되며 부지 곳곳으로 순조롭게 이동하고 있었다. 어떤 곳은 쓰레기를 가득 모아두는 부지였고 어떤 곳은 평범한 공장처럼 보였다. 인적은 드물었고 공장이 가동되는 소리와 이리저리 움직이는 운송 트럭들의 차량 소음들로 가득했다. 상상했던 핏기는 잘 보이지 않았고 건조하고 삭막했다. 도착한 도살장 앞은 아주 높은 담벼락이 여느 산업단지와 같이 세워져 있었다. 직접 들으면 도살장 직원들의 청력이 손상된다던 돼지의 찢어지는 비명은 먼 거리와 우수한 방음처리로 쉽게 들리지 않았다. 언뜻 보기에는 다른 공장들과 크게 달라 보이지 않았다. 내가 상상하고 간접적으로 보아왔던 도살장 내부의 공간을 나는 감히 접근할 수 없었다. 그럴 수 있었다면 세상이 이렇게 처참히 단절되지 않았을 것이다. 역시 현실은 그렇게 만만하지 않았다. 다만 숨쉬기 힘든 지독한 냄새가 그 안의 고통을 조금이나마 대변하는 듯 새어 나오고 있었고, 너머의 계류장에서 매를 맞거나 공포에 떠는 비명이 간간이 들려오고 있었다.

공장들은 비슷해 보였지만 분명히 달랐다. 다른 모든 공장에는 딱딱하고 차갑게 주조된 도시의 부품들이 들어가고 있었고, 도살공장 안을 쉴 새 없이 들어가는 것은 분명히 살아 몸부림치는 나와 같은 동물들이었다. 동물을 가득 실은 강제수용 트럭이 도살장 안을 거침없이 들어가고 있었다. 그마저도 단절된 동물의 현실을 우리가 조금이라도 가까이 만나고자 한다면 온몸으로 차량을 막아서야 했다. 그 찰나의 시간이 산업 속을 빨려 들어가는 동물을 우리가 마주할 수 있는 잠깐의 허용된 시간이었다.

명백히 고통스러워하고 있었고 끔찍하도록 열악한 환경에 옴짝달싹하지 못하고 갇혀있었다. 모두가 병들고 이리저리 짓무른 상처에 아프지 않은 곳이 없어 보였다. 대소변을 가릴 수 없는 환경에 모두가 서로의 오물을 뒤집어쓰고 있었다. 그래서 여기저기 찢기고 다친 상처 위에는 똥오줌이 덧대어 있었다. 꼬리가 모두 잘려 없었고 오로지 육질을 위해 거세되어 있었다. 염증에 눈알이 튀어나와 있기도 했고 야구공만 한 종양이 커다랗게 부풀어 있기가 부지기수였다. 그 몸 위에는 스프레이로 상품가치를 나타내는 표식이 마구 새겨져 있었다.

도살장에 도착하기 전 그 앞에서 현실을 마주할 나를, 나는 미리 상상했었다. 아무쪼록 어떤 대비라도 하고 싶었

던 것 같다. 나는 절망하게 될까, 그 앞에 슬퍼 울기라도 하게
될까, 혼비백산해 정말 기절이라도 해버리게 되는 걸까 하고.
그러나 현실은 냉담했다. 처음 마주한 나는 크게 슬프지도
크게 절망적이지도 않았다. 그저 조금 충격적이었다. 사실
나의 인간중심성을 도살장 앞에서 고발당하는 느낌이었다.
너무나도 끔찍한 광경이 앞에 펼쳐져 있는데 그만큼의 끔찍
한 마음이 바로 와닿지 않았다. 낯설었고 너무나도 이상했다.
그저 이 현실을 일찍이 먼저 경험한 다른 활동가의 처절한
울음소리가 이곳이 내가 살고있는 끔찍한 현실임을 연결
짓고 있었다.

도살장 앞
또 다른 새벽이들

그날의 시작을 기점으로 새롭게 모이게 된 사람들과 함께 2019년 내내 눈이 오나 비가 오나 매주 도살장을 찾아다니기 시작했다. 도살장을 막 찾아다니기 시작했을 때만 해도 나는 세상과 나의 충격적이리만큼 뒤틀린 인간중심성을 막무가내로 더 마주해보자 생각했던 것 같다. 끔찍하리만큼 괴리된 세상에서 내가 할 수 있는 게 뭘까, 내가 무엇을 하게 될지 구체적으로 누구를 만나게 될지 알 수 없었다. 분명한 건 너무나도 불쾌하고 끔찍한 이 체제를 우리는 더 이상 지속할 수 없고, 이로써 모든 게 파괴적으로 스러져가고 있음을 도살장 앞에서 확인할 수 있었다는 것이다. 나는 나의 불행의 이유도 도살장 앞에서 조금은 이해할 수 있게 되었다. 만나야 알 수 있는 것, 현장에서 전해지는 이야기들이 있었다. 이 사회는 너무나도 단절되어 있었다.

도살장 문턱 앞에서 비를 느끼는 돼지

　짐짝처럼 실려 들어가는 동물들은 하나같이 더럽혀지고
병든 상태로 있었기 때문에 그리고 찰나의 순간 낯선 모습
으로 마주했기 때문에 더욱 획일적으로 느껴졌다. 저 안에
있는 게 누구든 몸이 묶이고 신체가 훼손된 채 감금되어 온
상태라면 쉽게 분별하기 어려울 것이다. 그게 누구든 저 안
에선 더럽고 천해 보일 것이다. 그게 나라면, 당신이라면….
사실 나이기도 하고 당신이기도 했다. 인간의 전쟁과 식민
역사가 고스란히 겹쳐졌다. 계속되는 분명한 비명과 끔찍한
냄새 속에서, 일관되게 작동하고 있는 도살장 앞에서 만나는
동물들의 얼굴이 저마다 다르다는 것도 첫 방문 이후에야
알아차렸다.

어떤 돼지는 6개월령의 아기돼지답게 여전히 호기심이 많아 보였다. 오물로 뒤덮인 상태로 본래의 민감한 후각이 마비되어 있을 듯했지만 그럼에도 다른 냄새를 궁금해했다. 저 밖의 다른 존재들을 인식하고자 했다. 배고프고 목마른 돼지도 있었고 멀미로 계속 토를 해대며 아무것도 먹지 못하는 돼지도 있었다. 어떤 돼지는 마지막까지 트럭 창살을 비집고 나오고자 최선을 다해 몸부림치고 있었다. 어떤 돼지는 반복해서 창살을 씹어댔다. 어떤 돼지는 트럭 밖에 내리는 비를 느끼고자 움직였다. 트럭 안의 열기와 오물로 인한 가스 대신 창살 밖의 맑은 비 냄새를 맡고자 철창 밖으로 있는 힘껏 얼굴을 빼 코를 하늘로 비죽였다. 그는

도살장 앞에서 잠든 돼지들

눈을 감았고 비를 감각하는 그의 코만이 내리는 빗물에 맞게 움직였다. 이내 더 높게 더 바깥의 시원하고 상쾌한 빗물을 느끼고 싶다는 듯 발버둥 치며 틈으로 나오지 못하는 몸을 더 빼내고자 했다. 오랜 이동에 지쳐 서로의 몸에 기대어 잠든 돼지도 있었다. 아기돼지가 서로의 얼굴을 포개어 새근새근 잠든 모습은 너무나도 평화로워 보여 순간 이곳이 도살장 문턱임이 실감이 나질 않았다. 그러나 이후에 어떤 일이 벌어지게 되는지 인간인 나는 그 공정을 너무나도 잘 알고 있었다.

영문도 모른 채 도살장으로 끌려 온 너무나도 앳된 얼굴을 한 이들의 개별성은 이 사회가 '합의'한 도살공정을 거쳐 끔찍하게 살해되었고 분해되었고 완전히 획일적인 모습으로 변해 쌓여 있었다. 우리는 도살장과 이어져 있는 도·소매업장을 방문하여 방금 마주한 동물의 생략된 도살공정, 바로 이후의 모습을 볼 수 있었다. 그날 방문한 흔하디흔한 작은 도살장에서만 하루 이천 명의 돼지가 죽는다고 했다. 방금 만난 목말라하거나 배고파하거나 졸려했던 이들의 얼굴이 투박하게 잘린 채 핏물에 잠겨 '사골'이 될 준비를 하고 있었다. '머릿고기'가 되기 위해 아기돼지의 머리거죽이 그대로 벗겨지고 있었다. 공포에 눈물을 뚝뚝 흘리며 나를 쳐다보던 아기 소는 이마에 선명한 도축용 총 자국만을 남기고 색감을 잃은 하얀 눈빛으로 나를 응시하고 있었다. 잘린 소의 머리 옆으로는 그의 몸 안에 있던 장기들이 부위별로 나누어져 있었는데, 플라스틱 통 틈새로 내장들이 울컥울컥 비집어 나오고 있었다. 지금 막 도살된 동물들이 상품으로 전시된 도·소매업장은 바닥이 피고름으로 홍건했고 걸을 때마다 찌걱찌걱 소리가 났다.

일정을 마치고 도살장을 나와 각자의 도시로 돌아왔을 때 피투성이가 된 나의 운동화 밑창으로 걷는 도시는 너무나도 깔끔했다. 길거리에는 이 시대 인간들의 과잉된 식량이자 유희가 되어버린, 내가 보고 온 시체 덩어리가 그대로 매대에 즐비해 있었다. 아무도 그 누구도 이상하게 생각하지 않았다. 아기돼지의 얼굴 가죽을 막 벗겨 담은 냉장고에는 해맑게 웃고 있는 아기돼지들의 얼굴 사진이 붙어 있었다. 도시의 간판에는 아무런 문제가 없다는 듯 심지어는 어딘가 기뻐 보이게 웃고 있는 돼지 캐릭터가 제 살점을 들고 먹으라 광고하고 있었다. 괴리된 도시는 어디에도 없었던 행복한 돼지를 앞선에 내세우며 여러분은 생각하지 말고, 안심하고, 의심하지 말고, 그저 많이, 더 많이 먹어 삼키라 하였다. 방금 전 내가 분명하게 보고 듣고 맡고 온 현실은 모두 거짓처럼 느껴졌다.

"오늘처럼 신나는 날, 우리 돼지 먹는 날"
냉장고, 행복한 돼지 사진 뒤 벗겨진 아기돼지의 얼굴이 걸려있다.

내가 저주하던
나의 모습 그대로

도살장은 감금되어 학대받던 동물들이 처음으로 밖을 나와 도로를 질주하여 모이는 종착지다. 외부로 노출되는 그 잠깐의 시간을 마주하기 위하여 우리는 도살장 앞을 지켰다. 그저 동물들을 보러 온 것만으로도 우리는 도살장으로부터 신고를 받아 출동한 경찰들에게 심문받기 일쑤였다. 경찰은 분명한 근거도 없이 우리에게 돌아갈 것을 요구했다. 갇힌 동물들을 지켜보지 말라고, 그 경계에 서 있는 내게 어쩐지 위험한 상황이 벌어질 수 있다고 걱정하는 투의 말들을 했다. 이런 시간에 공부를 더 하라고, 나의 미래를 걱정해 주었다.

나의 탄탄한 미래설계를 걱정하는 경찰들 뒤로, 한 돼지가 도살장을 탈출했다가 도로 잡혀 끌려 들어가며 엄청난 비명을 지르고 있었고, 아기 소는 눈물을 뚝뚝 흘리며 버티다 못해 와이어에 묶여 도살장 통로로 강제로 옮겨지고 있었다. 설명을 요구하는 경찰에게 나는 끊임없이 앞에 놓인 상황을 재차 설명해야 했다. 우리가 이곳에 모인 이유, 이 현실을 보러 왔다고. 이곳에 온 취지를 설명하고 우리 앞에 놓인 동물들의 현실을 가리켜도, 그들은 동물들이 마치 처음부터 존재하지 않는 듯 행동했다. 같은 폭력과 고통이라 할지라도, 그것이 폭력이고 고통이라 제도적으로 인정받을 수 있는 것은 따로 있었다. 그들의 고통은 사회에서 고통이라 인정되지 못했다. 분명하게 고통을 호소하며 할 수 있는 최대한의 저항을 몸부림치고 있는 동물들과 출동한 경찰들 사이에서 계속해서 질문받고 의심받는, 문제가 되는 존재는 우리였다. 이 역시 우리가 마주하는 세상의 현실이었다.

어느 소는 커다란 눈물을 뚝뚝 흘리며 나를 바라보고 있었다. 두 살 정도밖에 되지 않은 어린 얼룩소였다. 두 살 남짓이지만 그의 몸은 이미 산업의 학대 속에서 빠른 속도로 노쇠해 있었다. 반복된 착유에 피골이 상접한 모습으로 가죽이 살갗 안쪽 깊이 딱 달라붙어 모든 뼈가 고스란히 튀어나와 있었다. 그는 트럭에서 움직일 수 없도록 몸이 줄에 바짝 묶여있었지만, 줄이 무색하게도 그는 이미 일어설 수 있는 상태가 아니었다.

그의 몸은 '우유'를 '생산'할 수 있는 상태이기 위해서 끊임없는 강제임신과 출산을 반복했고, 매일 착유되어 몸의 칼슘이 다 빠져나간 상태였다. 착유를 위해 더 이상 몸을 일으켜 세울 수 없어 '생산가치'가 떨어진, 일명 다우너소(downer cow)*가 되어 마지막으로 '처분'되기 위해 도살장에 온 것이다. 젖, 새끼, 삶, 그의 존엄 모든 것을 다 빼앗기고 나서야 '고기'가 되기 위해 도살장에 왔다. 눈은 공포에 질려 빠져나올 듯 상기되어 있었고, 큰 눈에서 눈물이 줄줄 흐르고 있었다. 소는 낮은음으로 아주 낮게 '므으으' 울었다. 비극이었다.

그럼에도 소는 나를 한참 바라보다가 곧 이쪽으로 일어서기 위해 노력했다. 그러나 그는 일어설 수 없었다. 시도할 때마다 소는 계속 넘어졌다. 그는 온 힘을 다해 내가 뻗은 손 쪽으로 제 이마를 갖다 대어 포갠 다음 부비었다. 내 손에 닿은 따뜻한 회오리털 모양을 가진 그의 이마는 그가 곧 도살용 기절총을 맞게 될 자리였다. 도살 노동자분들이 내게 암소는 쉽게 기절하는 경우가 없어 감각을 그대로 느낀다

---

* 다우너소는 한국에서 2008년 광우병 파동 당시 가장 널리 알려졌다. 미국 도축장에서 더 이상 일어설 수조차 없이 주저앉아 버린 아픈 소를 학대하고 억지로 일으켜 세워 도살하는 장면들이 폭로되면서 전 세계에 충격을 주었다. 하지만 한국의 도살장 앞을 지키고 있다 보면, 한국의 얼룩소에게 다우너소는 일반적인 상황이다. 낙농업에서 집중적인 착유로 얼룩소들은 3~4년 만에 주저앉게 된다. 성장호르몬을 투약받으며 본래의 10배가 넘는 양의 젖이 낙농업에서 착취된다. 쓰러지는 과정에서 목이 꺾인 상태 그대로 도살장에 실려 온 경우도 숱하게 목격했다.

고, 그래서 동맥이 잘려 방혈되는 동안 항상 몸부림치게 된다고 말해주었던 이야기가 생각났다. 그는 작업 시 동물의 얼굴을 쳐다보지 않을 것을 매 순간 다짐한다고 했다. 눈물 자국을 보기가 힘들다고 했다. 순간 트럭에 덜컹 시동이 걸렸고 내 앞에서 그는 순식간에 도살장 안으로 들어갔고, 자리에는 나만이 황량하게 남게 되었다. 손바닥에 포개어졌다가 순식간에 사라지는 감각이 끔찍했다. 순간 상황을 견딜 수 없어 맨손으로 땅바닥을 치며 울어버렸다. 이렇게 모두 죽이고 살아서 우리는 어떡하면 좋으냐고 울부짖었던 거 같다. 내 울음은 이 사회의 도살장 앞에서는 너무 낯선 감정이어서, 도살장에 있던 많은 사람이 나를

도살장 앞에서 눈물을 흘리던 얼룩소

보러 나와 웃었다. 그리고 세상의 더 많은 사람이 내게 어쩔
수 없는 현실이라 했다.

그때 나의 지난 시간이 도살장 앞에 실려 온 소의 모습과
겹쳐졌다. 가정 내의 뚜렷한 남존여비 질서에서 나는
비천한 존재였다. 아빠는 나를 보면 한숨을 크게 내뱉었고
눈엣가시인 나는 없는 듯 생활해야 했다. 살금살금 걸어
다녀야 했고 단순한 전기와 물 사용에도 제약을 받았다. 한숨
소리가 더 커지는 때에는 문조차 열기가 어려웠다. 문을
열고 씻으러 가는 일에도 위험한 상황이 들이닥칠 수 있었기
때문에 큰 각오가 필요했다. 씻고, 먹고, 자는 기본적인 일을
많은 부분 포기해야 했지만, 남동생은 방문을 활짝 열고
집안에서 큰 소리를 내며 게임을 하기 바빴다.

내가 집에 가두어졌을 때. 온전히 먹고 씻을 수 없는
시간을 기약 없이 버티던 때. 바닥에는 깨진 유리가 가득하고
피가 흥건하고 침대 시트까지 피가 튀어 올랐을 때. 물건이
부수어지고 문짝이 찢어질 때. 겨우 나간 거실에 빈 술병들
이 굴러다닐 때. 머리카락이 뭉텅이로 뽑혔을 때. 옷들이 찢
어졌을 때. 작은 경찰차에서 늘어놓은 증언이 무의미했을
때. 더 이상 좁은 방 문턱을 나설 수 없게 되었던 시간이
떠올랐다. 나는 인간으로 도살장 안에 끌려 들어가지 않고

도살장 앞에서

그 앞에 서 있지만, 여기에 온 동물들과 내가 본질적으로는 같다고 여겨졌다.

많은 사람이 나에게 이 역시 '어쩔 수 없는 것'이라고 했다. 그가 가장이고 내가 딸이기 때문이라고 했다. '그렇게 태어난 것'이라고 했다. 용납할 수 없는 행동을 밤새도록 괴로워하며 고민하고 이해하려 노력해야 하는 것은 내가 수행해야 하는 의무였다. 사실 그 시간 동안 나를 더 괴롭혔던 것은 집 안에 있는 아빠보다도 집 밖에 있는 사람들이었다. 내가 증언하는 현실에 어쩔 수 없다고, 아빠를 그렇게 말하는 것은 과격하다고, 불쾌하고 더럽고 피곤한 일이라며 각자의 안전선을 지키는 사람들의 거리두기는 나 스스로를 태어나지 말았어야 할 곤란한 인간으로 느껴지게 했다.

　그리고 나는 내가 가장 저주하던 그 모습 그대로 '농장 동물' 앞에, 경찰의 폴리스라인 너머의 자리에서 서 있었다. 나 역시 가장 끔찍한 관계를 그들과 맺고 있었다. 우리가 어떻게 분리되어 왔는지, 내가 왜 괴롭고 힘들었는지가 도살장 앞에서 비로소 이해되었다. 내가 그곳에 서 있다 한들 소가 처한 상황은 크게 달라지지 않았다. 그 앞에 있는 나는 무엇일까, 내가 소였다면 지켜만 보고 있었을까. 어미의 젖을 먹지 못하도록 새끼 소가 태어나자마자 납치되고 격리되어 도살장을 향할 때 그를 끝까지 쫓아 달려가던 어미 소의 영상이 떠올랐다. 그 앞에 나는 참으로도 이기적인 인간이라는 생각이 들었다. 내 위치에 대한 모욕감과 세상에 대한 배신감에 눈물이 흘렀다.

도살장 앞에서 마주한 돼지

우리의
철창을 넘어

　동물들을 만나러 다니던 매주의 시간이 어떻게 흘러가게
된 건지 여전히 실감이 나지 않는다. 우리는 끊임없이
비질(Vigil)*을 기획하고 답사를 준비했다. 더 많은 사람과 이
시간을 나누기 위해 시민들을 조직하여 알렸다. 마주하기로
모인 시민들이 최대한 가까이 마주할 수 있도록, 현실이

---

* 육식주의 사회가 가리는 피해자들을 만나기 위해 농장, 도살장, 수산시장 등의 현장에
찾아가 폭력적인 현장 속 진실의 증인이 되는 활동이다. 비질은 서울 애니멀세이브
(@seoulanimalsave)에서 기획해 진행한다. 토론토 피그세이브에서 시작하여 현재는 전
세계적인 풀뿌리 운동으로 지역마다 조직되어 운영되고 있다. (@thesavemovement)
우리는 2019년 4월 서울애니멀세이브와 직접행동DxE를 같은 시기에 함께 조직해
한국의 풀뿌리 동물권 운동을 동시에 출범시켰다. 서울애니멀세이브로 감추어진
현장을 찾아다녔고, 직접행동DxE로 보고 온 현장을 사람들에게 전했다. (@dxekorea)
(@directactioneverywhere) 비질(Vigil)은 참사의 희생자들에 대한 추모, 철야기도
등의 뜻으로, 보통 강력한 정치적인 애도 행위를 의미한다. 육식주의 사회에서 소, 돼지, 닭,
물살이(Vigil for cow, pig, chicken, fish) 등을 위한 비질은 종차별 사회에서 '감히' 농장동물을
위해 숭고한 정치적 추도회를 진행하겠다는 급진적인 의미를 가진다.

더 깊게 폭로될 수 있도록 우리는 운송트럭을 끊임없이 가로막고 저항했다. 놀랍게도 행동을 시작한 그해부터 매주 50여 명의 다양한 시민이 계속해서 조직될 수 있었다. 그렇게 한해 누적 1,500여 명의 시민들이 도살장 앞을 지켰다.

매주 마주한 시간에 충분한 슬픔을 나눌 시간도 없이 우리는 다음 일정, 다음 회의를 이어나갔다. 개별의 존재가 그곳에 항상 있었다. 그렇지만 개별의 애도를 할 수 있는 작은 틈조차 그곳에선 허용되기가 어려웠다. 이 모든 폭력의 정황에 책임지는 이는 없었고 그 누구도 이에 완전히

도살장 앞을 지키는 시민들

동의한 적 없지만, 이미 너무나도 크고 당연해진 산업이 되어 있었다. 말로 표현하기 힘든, 지금도 언제나 현재 진행형인 대규모의 학살이었다. 지켜보는 것만으로도 경찰은 계속해서 우리를 가로막았다.

나와 너는 다르다. 우리는 저마다 다르다. 하지만 세상은 우리가 저마다 얼마나 어떻게 다른 것인지 서로를 존중하는 개별성에 집중하지 않았다. 오히려 다르다는 말로 많은 차별이 정당화되었다. 너와 내가 다르기 때문에 너는, 새벽이는, 동물은 그렇게 대해져도 괜찮다는 말이 되었다. 차별은 나와 타자를 분리하여 혐오하는, 대상에 인간과

우리가 마주한 현실 앞에서

동물의 구별이 없는 공통된 인식이었다. 나는 그것을 매주 도살장 앞에서 확인할 수 있었다. 그 누구도 이렇게 대해져선 안 될 폭력들이 자연의 섭리인 양 정당화되어 자행되고 있었다. 다르다는 이유로, 그런 목적을 가지고 태어난 것이라는 억지로, 이들은 무려 도륙되어 삼켜지고 있었다. 혐오의 최정점이 아닐까 생각했다. 당신과 또 다른 누군가를 처음부터 존재하지 않았다는 듯이 제거해나가는 폭력을 어떤 방식으로든 용인하고 싶지 않았다.

커다란 산업단지로 조성된 도살장도 있었지만 평화로운 풍경 속에 덩그러니 놓인 도살장들도 많았다. 인적이 많은 주거단지나 산업단지와는 조금 동떨어진, 너른 들판과 냇물이 흐르는 자리에 너무나도 이질적인 도살공장들이 있었다. 풍경 사이로 멀리서부터 느껴지는 악취와 비명이 밀려 들어왔다. 트럭의 철창들 사이로는 어김없이 몹시 괴로워하는 동물들의 움직임이 가득했다. 열어달라고, 나가고 싶다고, 무섭다고, 괴롭다고. 내가 주로 쓰는 표현방식이 아니더라도 그쯤은 분명하게 알 수 있었다. 처음에는 쉽게 보이지 않던 개별성이 더 보이기 시작했고 고통이 더 뚜렷하게 와닿았다.

인적도 없는 그리고 심지어는 아름답기까지 한 풍경들이 사무쳤다. 당신을 감금하고 훼손하고 제대로 먹고 마시지 못하게 하는 이유가 고작 인간의 알량한 입맛 때문이라고? 트럭의 문을 그저 열어 재껴버리고 싶었다. 트럭의 문을 그냥 열어버리고, 도살장의 울타리를 그냥 허물어버리고 그들을 세상에 잠시라도 내보이고 싶어졌다. 보라고, 이 아름다운 텅 빈 들판 위에 선 그들을. 우리는 이들을 감금하여 죽이고 피와 오물을 방류하며 멸종할 것이냐고, 아니면 공생할 거냐고. 살고자 하는 몸으로 살리고자 하는 자들에 의해 경계를 넘어 버렸는데 이제 어떻게 할 거냐고, 이제 선택해보라고. 내 앞에 놓인 비명이 더 커지면 커질수록 쌓이면 쌓일수록 내 앞에 그어진 선을 넘고자 하는 마음은 더욱 분명해져 갔다.

첫 도살장 방문 후 세 달이 지난 2019년 7월, 동료들과 나는 서로의 마음을 모았다. 도살장에서 어김없이 살아 돌아와 몸에 튀긴 오물을 씻고 배어버린 피 냄새를 지워 내기를 반복하며, 이제는 함께 무엇이라도 해보자며 모의를 시작했다. 제각기 평범한 사람들이었다. 두려움에 떨었고 죄책감에 울었다. 현실의 문제의식에 각자의 자리에서 작은 실천이라도 최선을 다하던 사람들이었다. 나는 도살장에 가기 전까지만 해도 독서실에서 하루하루의 시간을 공부로 채워 넣던 수험생이었다. 내가 놓인 현실의 폭력에서 벗어나 해방과 연결될 수 있는 경로를 자격증과 노동운동에서 찾고자 했다. 그렇게 1차 시험 합격 후 첫 노무사 2차 시험 이후, 다음 2차 시험 일정을 불과 두 달 앞두고 있었다.

남들만큼 두려움도 많고 남들만큼 계획도 있었던 사람들이 진실을 마주하곤 어느 순간 '농장 침입'과 '절도'를 공모하고 있었다. 우리는 빠른 속도로 모든 것을 파괴하는 폭력에 할 수 있는 제동을 걸어보기로 했다. 무섭고 두려운 일이었다. 한밤중에 낯선 감금시설에 침입하여 우리도 잘 모르는 몇 명을 보란 듯이 구조해내는 일. 학살을 당연시하는 체제가 합법인가? 그렇다면 합법이 곧 정의인가? 구조가 불법인가? 그렇다면 우리는 법의 경계를 보란 듯이 넘어 구조해내겠다고, 부정의한 법을 정면으로 거부하고자 했다. 구조 자체가 실패하더라도, 우리는 감금시설과 학살 현장의 현실을 사회에 충분히 효과적으로 폭로할 전략을 가지고 있었다. 축산업의 셀 수 없는 파괴와 폭력을 뒤로하고 풀뿌리 활동가들의 비폭력 직접행동의 용기를 축산업의 논리대로 특수절도의 형벌을 덧씌워 억압할 것인가?

무엇보다 중요한 건 우리가 함께 모여 진실을 마주하기를 시작했다는 사실이었다. 우리의 위선적이고 시혜적인 자리를 박차고 경계를 넘어 사회가 불법이라고 하는 동물들 곁에 함께 불법적인 존재로 서서 이야기하고자 했다. 인간과 동물의 관계에서 감금된 것은 동물이었지만 세상의 폭력적인 인식에 갇혀 있는 것은 우리 모두이기도 했다. 우리가 갇혀버리고만 인간중심성의 틀을 넘고자 했다. 그리고 사실은 불안정한 이 인간의 안정감을 떨쳐내고 변화를 두려워하지 않는 용기로 선을 넘고 서로가 서로에게 대안의 삶이 되기로 했다.

OPEN RESCUE,
공개구조

    가이드라인을 점검하고 준비물을 몇 번씩 확인하고 또 확인했다. 위성 지도를 보며 진입 루트의 가짓수를 함께 살펴봤다. 우리는 여러 가지 트레이닝을 준비해 반복했다. 전 세계의 풀뿌리 활동가들은 정말 '불법적인' 축산업의 부정

공개구조 과정에서 기록한, '우수하다는' 종돈장 시설

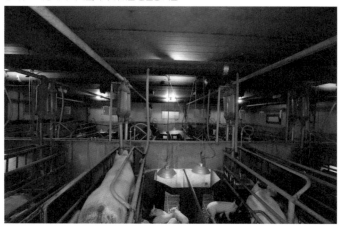

을 드러내기 위해서 많은 것을 감수한다. 지금의 축산업은 기후위기, 대형산불, 전염병의 근본적인 원인으로 지목된다. 그리고 엄청난 자본을 가진 거대 산업은 풀뿌리 활동가들의 운동을 너무나도 쉽게 억압하려 한다. 그에 계속 저항하기 위해서는 DxE는 철저한 보안규율을 가지고 있다. 이에 따라 자세한 공개구조에 대한 가이드는 공개적인 기록에서 생략하고자 한다.* 우리는 더 직접적으로 그리고 공개적으로 더욱더 전략적이고 치밀하게 현실을 파고들 것이며 앞으로 더 많은 동물이 몸을 드러내게 될 것이다. 조금의 시행착오와 고군분투를 거쳐 아주 늦은 밤중 우리는 농장으로 잠입하는 데 성공했다. 도대체 어디에서 이들이 끊임없이 실려 오는 것인지 도살장 앞에서 마주한 현실의 배후에 직접 침입했다.

무더운 7월 중순이었다. 긴 팔 긴바지 위에 방역복을

---

* 직접행동DxE의 공개구조(Open Rescue)는 맹렬히 비폭력적인 가치로 사회의 폭력성을 들춰내기 위한 치밀한 전략으로 설계된다. 공개구조는 축산업의 기만적인 마케팅 너머의 참혹한 현실에 활동가가 직접 찾아가 현장과 피해자를 드러낸다. 현행법의 폭력성을 거부하는 직접행동으로 피해자를 구조하여 학살되는 동물의 고통스러운 모습 너머의 고유한 개체성을 드러낸다. 피해자가 스스로의 몸으로 증언하는 새로운 모습들은 동물을 학살하는 현 체제의 폭력성을 더욱 극적으로 드러낼 수 있게 된다. 피해자의 증언은 구체적이고 강력한 스토리텔링이 되어 더 많은 시민의 마음에 혁명적인 행동을 불러일으키는 불씨가 된다.

챙겨입고 'OPEN RESCUE'가 등에 적혀있는 파란색 DxE 활동 티셔츠를 덧입었다. 모두가 잠들었을 법한 한밤중, 역시 인적이 별로 없어 농장 주변은 깜깜했다. 종돈장 근처로 진입하자 숨을 쉬기 어려운 악취가 진동했다. 차에서 내려 건물들을 살폈다. 종돈장에는 자돈사, 임신사, 분만사, 종부사, 비육사 등 동물의 용도에 따라 건물이 나누어져 있었다. 우리는 새끼를 낳은 '포유 모돈'들이 함께 있는 분만사를 찾았다. 구역을 나누어 각자 분만사의 돈방 문을 열었다.

문을 연 순간 소름 끼치는 이질감에 기괴한 공포가 확 올라왔다. 종돈장 안은 마치 공상과학 영화에 나올법한 생체 실험 고문 현장 같았다. 한밤중에도 노란 조명이 종돈장의 구석구석을 밝히고 있었다. 낮과 밤 없이 '비육'되도록, '고기'의 목적으로 더 빨리 성장시키기 위해 캄캄한 밤에도 모든 조명을 켜두어 비극이 더욱 잘 드러났다. 문을 열고 시설 안으로 들어설 때마다 작은 새끼돼지들이 하던 일을 멈추고 일제히 나를 쳐다봤다. 방안에 발을 디딜 때마다 너무 많은 눈이 나만을 응시했다.

방안은 스톨로 빼곡하게 채워져 있었는데 스톨마다 엄마돼지가 꼼짝없이 갇혀 있었다. 새끼돼지들처럼 나를

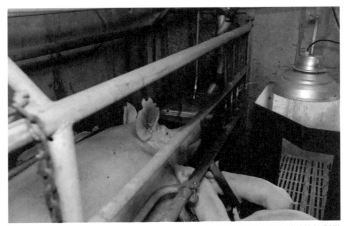
농장 철창에 갇혀있던 새벽이의 엄마

경계하고 싶었을 텐데 허용된 가동범위는 고개를 아주 살짝 돌릴 수 있는 게 전부였다. 조금이라도 몸을 돌릴 가능성조차 없어 보였다.** 표식을 달았다 떼기를 반복했는지 그 자체가 표식인지 숱한 구멍이 뚫린 그의 귀가 너덜너덜했다. 그는 그곳에서 할 수 있는 게 정말 아무것도 없었다. 인간인 나의 언어로 묘사하기에는 어떻게 해도 한계가 있겠지만, 나를 겨우 돌아보는 그의 눈빛은 역력하게 슬픈 눈빛이었다. 헤아릴 수 없는 깊은 절망과 슬픔이 담긴 심연의 눈동자였다.

** 임신 출산의 '생산성'을 극대화하기 위해 축산업은 모돈에 약품을 투약하며 모돈의 상태를 개별적으로 관리한다. 산업의 효율을 위해 모돈은 강제임신과 강제출산을 반복하며 평생 제 몸집만 한 스톨(stall)에 감금된 채 살아간다.

간신히 고개를 돌려 등 너머의 나를 바라보던 엄마돼지의 눈빛과 표정, 오랜 시간 그 스톨에 꼼짝없이 갇혀 무력한 모습의 엄마. 오랜 시간 가정에 갇혀 있었던 엄마의 얼굴도 겹쳐 생각났다. 다만 갇혀 있는 그에게, 이곳에서 어떤 일들이 그에게 일어났던 건지 나는 들을 수 없었다.

다만 모돈현황판이라는 이름의 낡은 종이가 스톨마다 붙어 있었다. 언제 아기를 낳았고 얼마나 낳았고 얼마나 유산되었는지 적혀있었다. 이들이 갇혀있는 이유였다. 모돈 회전율과 모돈당 출하두수의 이름으로 함께 적혀있었다.[***] 새끼 생산량이 떨어지게 되면 업계 용어로 도태, 도살장으로 끌려가 '암돼지 고기'가 된다. 어떤 엄마돼지의 몸에는 몸통 위에 도태, 절식 등 표식이 스프레이로 마구 휘갈겨져 있었다. 도살장 앞에서 본 그 표식이었다. 새끼돼지도 언제 꼬리가 잘렸고 언제 거세됐는지 그리고 어떤 약품이 투약되었는지 '고기'로서의 기능이 점검되고 있었다.

먼지가 가득하고 지독한 냄새가 숨을 쉬기 어려웠다. 구

*** 모돈회전율(LSY)은 모돈 한 명이 일 년에 축산업의 생산사이클(교배,분만,이유)을 몇 번 감당했는지를 나타내는 값이다. 모돈당출하두수(MSY)는 모돈 한 명이 일 년 동안 '고기'로 비육될 수 있는 아기를 몇 명 떠나보냈는지에 대한 값이다. 두 지표의 수치를 올리는 것이 축산업의 주요 성과 지표가 된다.

석에는 엄청난 양의 항생제 공병들과 녹슨 주사바늘이 쌓여 있었다.**** 아기돼지가 태어나는 시설이었지만 분명 죽음의 공간이었다. 이들은 태어나자마자 죽은 것과 같았다. 이들은 단 한 순간도 제대로 살아있어 본 적이 없었다. 사회는 이들을 죽음에 가까운 상태로 만들어 놓고 어쩔 수 없다고 했다. '고기'가 될 수 있을 때까지, 그러니까 6개월의 시간 동안 숨만 붙어 있으면 된다는 격이었다. 그마저도 충분한 '고기'가 될 규격에 미치지 않으면 일찍이 굶기거나 패 죽여 자체로 도태시켰다.

사회는 육식이 자연스러운 욕구라고 했다. 그리고 소비를 부추겼다. 세상의 많은 폭력에 가해자는 그것이 마치 어쩔 수 없는 욕구라고들 한다. 내가 보고 온 현실은 그 어떤 것도 자연스럽지 않았다. 동물들은 열악한 환경에서 이미 죽어

**** 열악한 환경에 감금된 동물들은 다양한 바이러스와 스트레스에 의해 질병을 앓게 된다. 동물의 쇠약과 탈수증세, 나아가 전염과 폐사는 축산업에 큰 손실이기 때문에 다양한 종류의 항생제를 투약한다. 축산업의 입장에서 감금된 동물들은 아프더라도 도륙할 수 있어야 한다. 살이 많은 상태로 도살장에서 죽어야 신선한 '고기'로 판매될 수 있고, 농장이 돈을 벌 수 있게 된다. 미국에서는 항생제의 70%가 모두 농장동물에게 쓰인다. (Antibiotics and Animal Agriculture: A Primer, Pew, 2016.12.19) 축산물 생산량 대비 항생제 사용량을 나라별로 비교한 결과, 37개 국가 중 우리나라가 중국 다음으로 항생제를 많이 사용하는 나라로 나타났다.(출처 : 과학저널 <사이언스>)

갔다. 우리가 확인하는 도살량 통계보다 훨씬 많은 수의 동물이 농장에서 이미 죽어있었고 고통 속에 죽어가고 있었다. 비정상적인 관계에 동물들은 그곳에서 병들 수밖에 없었다. 가득한 항생제 공병은 이들을 어떻게든 버티게 하려고 한 증거였다. 산업 안에서 사산율은 높을 수밖에 없었다. 어떻게든 사산율을 줄이고자 하는 약품을 계속해서 주입했다. 사산되어 나온 아기돼지의 시체더미를 갇혀 있는 엄마돼지는 돌볼 수 없었다. 살아남은 몇 명의 아기돼지들이 시체더미 사이를 파헤쳐 필사적으로 젖을 찾아 먹고 있었다. 우리는 이 산업 속에 사산된 아기돼지와 농장에서 곧 살처분***** 될 아주 아픈 돼지 그리고 도살장에서 '고기'가 될 아기돼지를 각각 구조했다. 그렇게 공개구조 된 이들이 별이, 노을이 그리고 새벽이었다.

공개구조를 마치고 현장을 나와 돌아가는 새벽녘은 적막했다. 공개구조의 첫 단추를 꿰었다는 안도감보다 현장의 충격에 우리는 휩싸여 있었다. 그리고 새벽이, 노을이, 별

***** '도태'를 '살처분'으로 표현했다. 축산용어로 도태는 농장에서 임의로 동물을 죽이는 행위를 말한다. 해당 동물이 아프거나 몸집이 작다는 등의 이유로 '고기'로서의 값어치가 비육하는 비용보다 적게 되면 농장에서 자체적으로 동물을 죽이는 것이 일상이다. 둔기로 머리를 내리쳐 죽이거나 굶겨 죽이거나 패대기치거나 목을 부러뜨린다.
(출처: AASV, On farm Euthanasia of swine options for the producer)

이의 뒤로 남겨둔 수많은 엄마돼지 그리고 아기돼지를 생각했다. 우리가 자주 다니던 도살장 바로 근처에 위치한 종돈장이었다. 우리가 다시 만나게 된다면 그곳은 도살장 앞일 것이었다. 나는 정말 정말 참혹한 마음으로 조용히 울며 이 새벽녘을 잊지 않겠다 다짐했다. 그리고 끊임없이 당신들이 있는 곳으로 찾아갈 것임을, 여러분의 이야기를 어떤 방식으로든 사회에 전하고야 말 것임을 다짐했다. 슬픔에 가득 찬 차 안에서는 폭력의 현장에서 막 구조된 새벽이와 노을이의 목소리가 조용히 들렸다.

새벽이가
사는 세상

우리는 도살장을 거쳐 농장으로 시간을 거슬러 올라가게 되었고, 그렇게 새벽이라는 고유한 존재가 우리와 마주하게 되었다. 거슬러 올라간 농장은 우리가 찾아다녔던 도살장 앞 현실에 가려진 또 다른 이면이었다. 새벽이의 본래 삶이 담겨있는 그 현장은 이 시대 진행 중인 가장 끔찍한 수용시설이었다. 우리가 공개구조로 농장동물의 삶에 잠시 증인이 되어온 것일 뿐임에도 현장의 충격은 쉽게 가시질 않았다. 공개구조 과정에 기지를 발휘하고 감금시설의 적나라한 현장을 카메라 앵글에 최선을 다해 담았던 한 활동가는 공개구조 현장을 관통한 경험이 트라우마로 남게 되었다. 누구에게나 트라우마가 될 수밖에 없는 현실이 누군가에게는 자신의 삶 자체로 설계된, 같은 세상을 우리는 살아가고 있다. 공개구조는 감금되어 누구에게도 기억되지 못하는 동물의 개별적인 이야기를 퍼져나가게 함과 동시에 현장의 폭력성을 활동가들의 몸으로 직접 고발하는, 법의 부조리한 현실에 정면으로 맞서는 비폭력 직접행동이었다.

이 사회는 아직 활동가들과 함께 철창을 넘은 새벽이의 등장을 알아채지 못하고, 행동의 의미조차 파악하지 못하고 있다. 오히려 방송사가 농장을 추적해 찾아가자, 농장주는 새벽이의 가치에 대해 돼지 한두 마리 없어진 건 티도 나지 않는다며 찾아오지 말라 으름장을 놓았다. 맞는 말이다. 새벽이가 온 종돈장은 상시 5,500여 명이 갇혀 지내는 곳이다. 그곳에서 매일매일 새롭게 태어나고(생산) 쓸모없다 살해되며(도태) 육질을 위해 이미 온 살갗이 찢기고 잘리는 게(단미, 발치, 거세) 일상이다.* 우리가 보고 온 현장은 극히 일부이고 새벽이 역시 확인조차 어려운 산업의 일부였다.

새벽이가 온 종돈장은 마치 그들이 동물들을 위한 낙원인양 선전한다. 잘 가꾸어진 나무가 있고, 5만 평 규모의 초지의 아름다운 자연경관에 위치해 있다며 스스로를 친환경 농장이라 광고한다. 심지어는 기독교 정신을 바탕으로 사랑과 정직의 가치관을 추구하는 기업이라 내세운다. 넓은

---

* 살점의 잡내를 없애보겠다는 목적으로 마취 없이 꼬리와 이빨과 고환을 자른다.

초원과 아름다운 농장 주변, 그 속에는 아름다움이나 사랑의 가치와는 극적으로 상반되는 학살·고문·감금 현장이 건실하게 자리 잡고 있다. 시설이 초지와 나무에 둘러쌓여 있는 이유는 고문 현장에서 새어 나오는 감당할 수 없는 악취와 분변 때문이다. 동물들을 실험하고 감금하며 선진 축산의 인증을 받고, 그렇게 벌어들이는 돈으로 동물들을 위한다며 '동물복지 워싱'을 해댄다. 그 어떤 것도 동물을 위한 건 없었다. 효율적으로 살해하는 것에 목적을 둔 산업에서 동물을 위한다는 것 자체가 불가능했다. 위하는 것은 비용이고 낭비였다. 지속가능한 학살을 유지하기 위한 대안으로 모색되는 복지농장 산업은 동물의 현실을

도살장 락다운 <동물권리장전> 항소 선고 액션 - 피로 물든 법원

더욱 깊숙이 감추고 보통의 선량한 시민들을 속이기 위한 일종의 책략이었다. 억압자의 선의, 인간의 학살 역사는 언제나 모두를 위한 것이라는 허울뿐인 명목이 있었다. 체제의 폭력성은 결국 어떤 누구도 득을 보지 못하고 모두를 죽여간다. 우리는 축산업으로 닥친 오염과 기후위기에 인간과 비인간 동물 모두가 집을 잃고 땅을 잃어 죽어가는 현실을 목도하고 있다.

우리는 공개구조 활동으로 이러한 사회의 모순에 전면적으로 도전한다. 행동하는 활동가의 신원을 떳떳하게 공개(Open)하며, 사회가 보위하는 합법의 폭력성을 풀뿌리 활동가 개인이 직접 폭로하게 된다. 폭력적인 구조에 맞서 행동하는 개인은 모습 자체로 사회 정의와 비폭력의 가치를 견인한다. 그렇게 학살의 현장에 놓인 일부 동물을 구조(Rescue)한다. 그리고 우리는 거침없이 되묻고자 한다. 무엇이 죽이는 일인가? 그리고 무엇이 살리는 일인가? 무엇이 '피해'인가. 당신은 당신이 깊숙이 연루되어 있는 이 현장에 대해 얼마나 아는가? 사실 우리 모두가 마땅히 관심을 가지고 나서서 해결했어야 하는 문제에 대해 위험을 무릅쓰고 더 많은 사람에게 알리고자 하는, 그렇게 사회를 바꾸고자 하는 활동가 개인에게 사회는 어떤 잣대를 들이미는가?

체제는 어떻게 운동을 억압하고자 하는가?

우리 사회는 억압이 상존하는 동시에, 외면하지 않고 행동하여 질문을 제기하는 사람들이 있기에 언제나 희망이 있다. 현재 국외에서는 공개구조와 관련된 수많은 재판이 진행 중이다. DxE의 공동 설립자 웨인은 중범죄(felony)로 60년 형을 기소받고 맹렬하게 싸워나가고 있다. 그는 오히려 더 크고 담대한 성공적인 풀뿌리 운동을 만들어 나가고 있다.[**]

활동가들은 절도죄의 재판을 기회 삼아 더 거침없이 제도에 물음을 제기하고 현실을 폭로하며 새롭게 마주하게 된 시민들을 더 크게 조직한다. 감금과 학대로 돈을 벌어들이는 축산업만큼 5만 평의 땅이 우리에게 주어지지 못하는 게 현실이지만, 그렇기에 어떠한 땅과 법도 허용되지 않는 지금의 폭력적인 현실을 우리는 되려 극적으로 우리의 현실임을 고발한다. '가축'이라 하여 동물보호법의 적용을 받지 못하는 새벽이가 법의 영역에서 절대 구조되지 못하고 불법의 영역에서 공개구조 되어야 하는 현실, 그리고 새벽이가 활동가들에 의해 공개구조 된 이후에도 지구의 그 어느 땅에서도 안전하게 살아갈 수 없는 냉정한 현실을 말이다. 그 현실에서 네 발로 우뚝 선 새벽이의 모습은 우리에게 묻는다. 내가 당신의 입맛과 돈벌이를 위해 마땅히 감금되고 죽어야 하는 존재인가? 내 살을 발라 삼키고자 하는 당신은, 모든 감금과 도살 과정을 외주 맡겨 둔 당신은 이 사회에서 과연 무엇인가? 사회는 당신을 감정을 가진 동물로 두는가, 아니면 끔찍한 괴물로 체제 그 자체로 만드는가. 우리는 어떤 땅 위에 서 있는가.

곱창 속의 감자

"새벽아, 감자!"

향기가 이렇게 말하면 새벽이는 가던 길도 홱 돌아 감자가 있을 법한 쪽으로 달려왔다. 새벽이가 감자를 유독 좋아하는 모습은 새벽이와 같은 돼지에 대해 전혀 몰랐을 세상의 많은 사람에게 퍼져나갔다. '고구마와 바나나도 좋아하지만 감자를 제일 좋아해요', 축사에 꼼짝없이 갇혀 있었던 돼지인 그에게 새벽이라는 이름이 붙여지자 그의 음식 선호도까지 주요 신문 지면에 크게 실리게 되었다.[*] 돼지들마다의 입맛은 분명 다르지만 새벽이의 선호로 새벽이와 감자, 돼지와 감자는 많은 사람에게 새로운 의미를 가지게 되었다.

---

[*] <경향신문> 국내 최초 '구조' 돼지 새벽이, 생추어리 가다…'
　　　고기'와 다른 삶 꿈꿔도 될까요(2021.05.15.)
　　<한겨레> 농장서 구조된 돼지 새벽이의 '다른 삶'이 시작됐다.(2020.06.03.)
　　<민중의 소리> 식탁에 있어야 할 돼지가 들판을 뛰어다닌다면.(2020.09.30.)
　　<주간경향> 새벽이생추어리, 고기 아닌 돼지로 살아갑니다.(2021.05.29.)

158

그렇게 도살장 앞에 모인 사람들의 손에 어느새부터인가 감자가 쥐어져 있었다. 따로 안내가 있었던 것도 아니지만 비질 전날 밤 사람들이 집에서 저마다 하나같이 감자를 쪄왔다. 새벽이가 감자를 유독 좋아하는 모습을 우리는 봤기 때문이다. 어떤 돼지가 무엇을 좋아하는지, 우리는 알 수 없는 세상을 살아간다. 막막한 마음에 포털 검색창에 '돼지가 좋아하는 음식'을 검색했다간 이들의 사체를 맛있게 양념하는 방법만이 즐비한 창을 마주하게 되는 게 우리의 현실이다. 새벽이는 그렇게 도살되어 도륙되라 하였던 잔혹한 현실의 경계를 넘어 등장했다. 그런 새벽이를 본 사람들이, 새벽이가 감자를 유독 좋아하는 그 사랑스러운 모습을 보게

도살장 앞에서 감자를 먹는 돼지들

된 사람들이, 도살장 앞의 또 다른 새벽이들을 위해 감자를 가져온다. 도살장 문턱 너머가 어떠할지라도 이 앞의 현실이 어떠할지라도 당장의 또 다른 새벽이들에게 우리는 그 감자를 나누었다.

트럭들이 도살장 근처로 다가오는 게 보인다. 활동가들이 조력하여 그 차량을 잠시 멈춘다. 시민들이 차량 옆과 뒤에 달려가 붙는다. 충격을 느끼거나 절망을 느끼거나, 슬픔을 느끼거나 연대감을 느끼거나. 이름 붙이기 나름인 저마다의 혼란 속에 동물들의 비명이 가득하다. 현장에서 우리에게는 시간이 많이 없다. 각자 최대한 할 수 있는 것을 하고자 한다.

도살장 앞에서 감자를 먹는 돼지들

사람들이 주섬주섬 각자의 가방에서 물통이나 카메라나 도시락통을 꺼낸다. 도시락통에서 감자를 하나씩 집어 내밀면 그중에 배가 많이 고프거나 아직 먹을 힘이 남아있던 몇 명이 다가와 건넨 감자를 급하게 먹기 시작한다.

가져온 감자를 이들이 허겁지겁 힘겹게 먹고 있을 때 도살장 직원분이 다가왔다. 그리고 창자를 처리할 때 이물질이 나올 거라 곤란하다고 내게 건조하게 말을 건넸다. 내가 건넨 감자를 그는 허겁지겁 먹었지만, 내가 보지 못하는 도살장 벽 너머에서 그는 곧 끔찍하게 죽었을 것이다. 그리고 아마 그가 먹었던 감자는 처리 과정을 통해 잘린 창자에서 덩그러니 떨어져 나왔을 것이다. 그의 속살은 활동가들이 건네주었던 감자를 맛있게 먹었던 흔적이 싹싹 지워져 깔끔히 포장되어 판매되었을 것이다. 평범한 누군가가 조각난 그를 집어삼켰을 것이다. 잘린 그의 몸엔 분명히 있었던 그의 살고자 했던 그리고 고발하고자 했던 저항이 보이지 않았을 것이다. 그것이 새벽이가 감자와 사는 현실이었다.

너머의 공정을 더 알기 위해 〈극한직업〉이라는 TV프로그램 시리즈의 순대 공장 영상을 재생했다. 영상에서는 끊임없이 아기돼지의 창자를 걸어 피(선지)와 당면을 욱여넣는 산업이 재생된다. 기계에 피를 쏟아내는 장면에서는 그것이

돼지의 피인지 인간의 피인지, 피에는 이름이 써 붙어 있지 않았다. 다만 누군가의 피였다. 순대의 생산공정을 보여주는 영상 한가운데는 노동자가 서 있다. 죽음이 상품이 된 세상이라 피고름이 낭자한 학살의 현장 한가운데에도 노동자가 파묻혀 있어야 했다. 그리고 그는 아주 끔찍한 고통에, 상기된 얼굴로 죽게 된 아기돼지의 얼굴을 들어 올리며 돼지가 웃고 있어서 보기가 참 좋다고 말한다.

도살장과 연결된 도·소매업장을 조용히 돌아보고 있을 때였다. 매장을 찾은 손님들 사이로 우리가 뭔가 달라 보였는지 방금 도륙된 돼지의 가죽 털을 벗겨내던 분이 갑자기 말을 건넸다. "나는 고기는 원체 안 먹어. 우리 식구 중에는 강아지도 있거든. 일 시작하면서 돼지고기는 이제 안 먹어." 그 한마디를 듣고 절박한 마음이 든 활동가가 말을 이어나갔다. "맞아요. 아기돼지가요, 사실은 고양이랑 강아지랑 다를 게 없어요." 돼지껍데기 상인분이 대답을 이어간다. "맞아. 그렇다고 하더라?" 손에 들린 칼에 아기돼지의 털가죽이 무심하게 벅벅 벗겨진다.

도살장의 계류장에서 일하는 노동자가 내게 토로하듯 말했다. 육질을 위해 빠르게 처리해야 하는 도살공정의 속도를 맞추기 위해서는 돼지들을 끊임없이 퍽퍽 때려야 한다, 차라리 동물학대라고 하여 쓰지 말라고 하는 전기봉이 빠르다, 지금은 내 팔이 떨어질 정도로 돼지를 패야 한다, 그래도 도살장에 들어가지 않으려고 할 때는 갈고리를 입천장에 걸어 돼지를 있는 힘껏 끌어당겨야 하는데, 갈고리가 살을 뚫고 나올 때도 있다. 그럴 때마다 생명의 존엄, 그런 게 내 안에서 사라지는 게 느껴진다. 이제는 운전을 하다가도 화나게 하는 운전자가 있으면, 저 새끼, 돼지 패듯이 패버려? 하는 충동이 자꾸 든다고.

　온 지구의 땅을 동물공장으로 만든 이 사회에서 말하는 인간의 존엄이란 무엇이고, 생명의 존엄이란 대체 무엇일까. 이 사회는 빠르고 효율적으로 '고기'를 생산하고자 차별을 발명했다. "우리는 그들과 다르다." "너는 원래 그렇게 대해져도 괜찮다." "너는 그렇게 태어났다." 애석하게도, 차별에는 인간과 동물의 구별이 없었다. 도살장에도 건설장에도 식당에도 그리고 가정에도 모든 곳에 '짐승 취급' 받는 존재가 있을 뿐. 그리고 그 혐오의 끝에는 온 삶과 신체가 훼손되어 제품으로 포장된 비인간 동물들이 있었다. 그들이 참혹하게 도살되고 끔찍하게 대상화되며, 여기서 서로가 완전히 무감각하게 분리될 수 있는 지금의 모든 구조는 '동물혐오'로 가능해졌다.
　결국, 정말 무섭고 끔찍한 것은 우리의 일상이다. 우리의 평범해진 일상은 동물을 가두고 학대하며 다른 관계를 해치는 폭력성이 계속해서 용인된 결과로 만들어졌다. 대학살의 피바다를 땅과 강에 쳐박아두고, 이들의 모든 존재를 처음부터 없는 듯 제거하여 시체만을 삼키게 된 당연한 일상. 폭력을 문제없이 유지하기 위해 그리고 더욱 효율적으로 많은 사람이 소비하기 위해 이 세계는 '고기'가 되지 않은 새벽이를 계속해서 분리하고자 한다. 그러나 새벽이는 특별한 돼지가 아니다. 새벽이는 동물을 학살하는 이 세계의 우리에게 경고하며 증언하는 존재다. 새벽이는 우리의 '평범한' 일상에서 구조되었고, 새벽이의 곁을 지키는 활동가들은 당신의 일상을 다시금 뒤흔들 것이다.

2019년 당시, 변화를 위해 모인 DxE 활동가들

동물해방의 새벽

섬나리

"나는 분명히 보았다. '이미' 일어나버린 동물해방을. 한국 최초로 생추어리에서 '늙어가는' 돼지 새벽이가 어쩌면 살아있을지도 모르는 2040년, 모든 동물을 위한 기본권인 동물권리장전을 포함한 헌법 개정안이 통과되고, 지구 위 마지막 도살장이 문을 닫는 순간을. 나는 진심으로 그것을 당신과 함께 보고싶다."

동물해방의 새벽을
알리며 나타난 이들

　친구가 그러길 한 대학의 유명한 윤리학 교수가 말했다고 한다. "피터 싱어의 동물해방을 성공적으로 반박하면 오늘부터 수업 안 나와도 성적 A+로 주겠다. 내가 회 먹는데 찝찝해서 거슬린다." 참 상징적이라 생각했다. 우리가 살아가는 일상의 폭력성, 그의 가벼운 농담에 나는 무엇이 어디서부터 잘못된 걸까 생각했다. 머리가 아팠다.

　동물에 대한 참혹한 현실을 접한 후 대체 '동물해방'이 무엇인지에 대해 많은 대화를 나누었다. "해방? 동물들을 철창에서 탈출시켜 자유롭게 풀어주자는 거야? 그게 현실적으로 가능해? 그 동물들이 갈 곳이 있어?", "아니, 그렇기보다는 동물들에 대한 차별적인 인식에서 벗어나는 것을 말하는 거야." 때로는 복잡한 철학적인 개념 혹은 과학적인 근거들이 함께했다. 바람직한 시민의 '교양'으로 얻을 만한 지식이 넘쳤고 나는 잘 따라가고 있다고 생각했다. 때로는 논쟁에 열을 올렸다. 그런데 갈수록 그 재수 없는 윤리학 교수의 태도가 머릿속에 떠올랐고, 그가 먹는다는 '회'가 떠올랐다. 그 '회'의 얼굴 또한 함께 떠올랐다. 죽은 동물들 앞에서 논쟁을 반복하는 나와 그 상황들이 이상하게 느껴지는 참이었다. 힘이 빠졌다. 그리고 불과 몇 개월 후, 나는 농장의 한 가운데였다.

그런 '지옥'은 본 적이 없었다. 기독교 정신을 바탕으로 '사랑', '정직' 등의 가치관을 추구한다는 그 '친환경 우수 종돈장'은 낮에 둘러봤을 때 꽤 아름다웠고 심지어 마음에 평온한 느낌을 줬다. 그러나 가려진 악이 더 무섭다는 것을 증명하듯 밤에 찾아 들어간 그곳에는 엄청난 감금·학대 시설이 위용을 뽐내고 있었다. 지옥의 유황불이 꺼지지 않고 타오르듯 한밤중에도 시설 안은 눈부시게 환했다. 끊임없이 먹고 살이 찌도록 낮밤 구분을 없앤 것이다. 찜통 같은 여름에 창문 하나 없는 샌드위치 패널 건물들이 늘어서 있었고 뿜어져 나오는 분변의 악취는 정전으로 환풍기가 멈추면 갇혀 있는 이들이 모두 질식사한다는 말이 과장이 아님을 확인해 주었다. 갇힌 이들은 서로의 몸을 들이받거나 철창을 씹으며 몸부림치고 있었다. 사고가 멈추었다. '동물해방'의 의미가 그 무엇이 되었든 그곳에서는 전혀 중요하지 않았다.

정신을 붙잡고 우리는 오천 명이 넘는 감금된 이들 중 아기돼지 세 명만을 가까스로 구조해 도살장이 아닌 병원으로 향했다. 새벽이, 노을이, 별이. 그들과 함께 탄 차 안에서 새벽 도로 위를 달리는 동안 나는 단 한마디도 하지 못했다. 그동안 내가 그 눈동자들을 짓밟고 세워진 사회에서 깔끔하게 떠들고 있었다는 것을 알게 된 것이다. 나나 그 교수나 지옥 속에 있는 이들에게는 별 차이가 없다는 것을 그때에서야 느꼈다. 부끄러웠다.

　　'동물해방'의 의미는 오히려 그들의 작디작은 몸에서 뿜어져 나오고 있었다. 그들은 우리에게 끊임없는 물음들을 구체적인 제 삶으로 던졌다. 그들의 목소리가 환청이 되어 24시간 내내 머리속을 가득채웠다. "절도? 우리가 물건이야?" "나 배고파! 먹을 것 좀 줘!" 돌봄, 거처 마련부터 그들의 존재를 알리기까지 그들은 모든 것이 처음인 우리에게 끊임없이 과제를 내주었다. 우리는 정말 아는 것이 없었다.

　　우리가 만든 '가축'이라는 낙인에서 조금이라도 벗어나니, 그들은 완전히 새로운 존재로 다가왔다. 우리는 그들을 잘 몰랐지만 그들은 누가 가르쳐주지 않아도 너무나도 자유롭게 움직였고, 욕구를 표출하며 세상을 느꼈다. 그동안 내가 보지 못했었던 것뿐이었다. 낙인찍는 것에 익숙한 '인간'이었던

나는 직접 만나고 느끼지 못한 채 그럴듯한 말로 떠들었을
뿐이었다. 내게 다가온 동물해방이라는 단어의 무한한
가능성은 다름 아닌 이들 개별적인 존재들의 삶과 몸짓에서
싹트기 시작했다. "너네들이 우리를 소유할 수 있다고? 천
만에! 관계를 잘 맺을 생각이나 해!" 그들의 끊임없는 고함이
나에게 그렇게 외치는 것 같았다.

그들은 온몸으로 요청했다. 우리가 저지르고 있는 폭
력을 정확하게 대면하고, 불편한 감정을 넘어 함께 변화
해나가자고. 상상이 안 된다면 먼저, 우리의 얼굴을 보라고.
그리고 조금 더 용기를 내어 자신이 어디서 왔는지, 그곳은
어떤 곳인지 정확히 직면하라고. 당신이 뒤에 남기고 온 '만

개의 눈동자'를 하나하나 또렷하게 떠올려보라고. 그들은 갇혀 있는 모든 동물을 드러내며 동물과 우리를 만나지 못하도록 철저히 분리한 선을 끊어냈다.

동물해방이라는 단어가 어렵고 감이 잡히지 않는다면 다시 물어보자. 새벽이, 노을이, 별이, 이들은 누구인가? 평범한 돼지, 우리가 평범하게 '고기'라고 낙인찍은 돼지. 그러나 더는 이렇게 살아가지 않아도 된다고 온몸으로 말하는 존재들.

공개구조된 이들의 극적으로 달라진 삶의 이야기가 널리 퍼질수록 종차별적인 말들은 힘을 잃어갈 것이다. 굳건해 보였던 법 또한 바뀌게 될 것이다. 모두가 죽이려고 했던 돼지들, 세상은 자격 없는 동물들이 바꾼다. 이들은 모든 (인간·비인간) 동물이 행복하고 안전하고 자유로운 세상을 향해 이 사회를 근본에서부터 바꾸고 있다. 우리에게 동물해방의 '새벽'을 알리는 존재들이 왔다. 앞으로 해방은 소, 돼지, 닭의 몸으로 뚜벅뚜벅 걸어올 것이다.

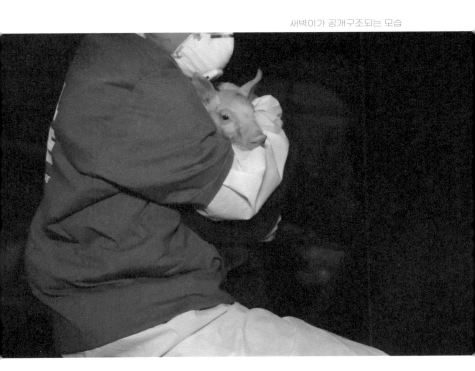

새벽이가 공개구조되는 모습

우리는 진정
새벽이를 인정하는가

이것은 소설이 아니다. 2007년 경기도 이천, 한 초등학생 나이의 어린 노예가 산 채로 능지처참당했다. 시위의 이목을 끌기 위해서였다. 밧줄에 묶인 사지를 잡아당기는 데 쉽게 찢어지지 않아 칼이 사용되었다. 곧, 팔다리가 찢어지고 배가 찢어지자 사람들은 환호성을 질렀다. 어린 노예가 그래도 죽지 않고 몸을 꿈틀거리며 숨을 헐떡거리자 칼로 목을 찌르는 것으로 능지처참 행사는 끝났다. 그리고 2011년, 전국 수백만 명의 노예가 산채로 매장당했다. 전염병을 옮길 수 있다는 이유만으로 '미리' 죽인 것이었다. 또 2019년 경상남도 김해, 도심 한복판, 사형장에 실려 가던 한 여성 노예가 탈출했다. 사람들은 잡혀가는 여성 노예의 외모를 품평하며 서로 "네가 왜 저기 돌아다니냐" 농담하며 웃었다. 마지막으로 가장 최근인 2021년 전라남도 나주, 노예 사천 명이 집단 감금시설에서 산 채로 타죽었다.

나에게도 당신에게도 이런 사건들은 기억에 없다. 그러나 이것은 실화다. '어린 노예'를 '2개월령의 아기돼지'로, '노예'를 '돼지로', '여성 노예'을 '엄마돼지'로 '집단 감금시설'을 '농장'으로 바꾸어 읽어보자. 나는 뉴스 기사에서 고작 단어 몇 개 바꾸었을 뿐이다. 2019년 7월 김해에서 도살장에 실려 가던 엄마돼지가 탈출하여 도심 한복판을 헤맬 때는, 새벽이가 농장 밖을 나오기 며칠 전이기도 했다.

잘 와닿지 않는다고. 이왕 이렇게 된 거 계속해보겠다. 위 사건들이 일어나는 동안, 그리고 오늘도 한국에서는 하루 오만 명의 '노예'들이 도살장에서 학살당하고 있다. 이틀에 한 번꼴[*]로 일어나는 '집단 감금시설' 화재로 산 채로 타죽은 '노예'들은 수백만 명에 달한다. 또 2019년 말 '아프리카열병'이 퍼졌고, 또다시 '노예'들은 생매장되었다. 2년이 지난 2021년, '도시의 노예들'을 전염병으로부터 안정적으로 '인종청소'하기 위해 '산으로 도망친 노예 부랑자' 사냥이 계속되고 있다. 총에 맞은 노예의 시체를 증명하면 인당 50만 원이 지급된다.

아, 이것은 역시 '돼지' 이야기다. 써도 써도 너무 소설

---

[*]　2017년 한 해 돈사 화재 발생 건수는 189건에 달한다 - 소방청

같다. 통계와 수치도 너무 무미건조하고 현실감이 없다. 그러나 그들 또한 역시 명백히 '노예제'의 피해자이다. 노예의 뜻, '자유와 권리를 빼앗기고 타인 소유의 객체가 되는 자'. 설명할 수 없는 이 간극, 이제 좀 느껴지는가. 새벽이는, 너무나도 일방적이라 잘 와닿지도 아니 믿기지도 않는 학살 전쟁 속을 살아가고 있다. 새벽이가 처한 이 사회는 우리 상식을 너무나도 초월하여 잔악하기에 전해 들어도, 글로 읽어도, 영상으로 봐도 머리로는 '이해'하지만 도무지 '인정'할 수가 없다. 솔직히 어제 있었던 친구와의 사소한 말싸움보다도 감정을 일으키지 않을 때가 많다.

분만사 현황판

그렇게 우리는 멀리서 보면 스트레스 해소를 위해 길고양이를 잔혹하게 살해하는 사람과 별 다를 바 없는 삶을 살고 있다. 너도나도 '공장식 축산'이 문제라는 것에는 동의한다. 그러나 직접행동DxE의 방해시위, "음식이 아니라 폭력입니다"라는 구호에는 엄청난 불쾌감을 표출하는 사람들을 보며 나는 생각했다. "뭐지? 저 식탁 위 동물들이 안 보이나? 저 동물들이 어디에서 왔는지 모르는 걸까?" 그들은 '공장식 축산'에 반대한다고는 했지만 결국 아무것도 '인정'하지 않는 것이나 마찬가지인 셈이다. 눈앞에 칼날이 들어온 동물들의 입장에 서보자. 직접적인 피해자인 이들에게 공장식 축산이라는 이 유례없는 악은, 이것이 '전혀' 알려지지 않은 사회의 상황과 다를 바 없었다.

도살장에 다니던 중 이런 말을 접했다. "혁명은 일으키는 것이 아니라, 눈앞에서 일어나고 있는 일을 인정하는 것이다."**

나는 생각했다. "혁명이 '으쌰으쌰! 세상을 바꾸자!'가 아니라 고작 눈앞에서 일어나고 있는 일을 인정하는 거라고?" 그러나 눈앞에서 일어나고 있는 일을 진정 인정하려면 우리

** 정희진 한겨레 칼럼 <혁명은 일으키는 것이 아니라 눈앞에서 일어나고 있는 일을 인정하는 것이다>

는 당장 죽으러 들어가는 눈앞의 돼지가 되어야 했다. '헉' 소리가 나왔다. "고작 '인정'하는 것이라고?" 하며 비웃었던 내가 원망스러웠다. 나는 거꾸로 매달려 목에서 피를 뿜어내는 돼지가 되어야 했다. 우리가 그 천하다고 멸시받는 존재 '개돼지'가 되어야 했다. 그들의 위치에서 보이는 세상을 '인정'하는 것, 이것은 실로 엄청난 일이었다. 연결된 다른 모든 악, 거리두기 끝판왕인 우리의 '일상'이 적나라하게 드러나기 시작했다.

점점 더 견디기가 힘들어졌다. 곧, 유일한 돌파구는 직접 '학살의 현장'으로 몸을 이동시키는 것뿐이라는 절박함이 느껴졌다. 공개구조는 그렇게 시작되었다. 나와 활동가들은 직접적인 피해자들에게 다가갔고 그렇게, 새벽이가 왔다. 우리가 매주 방문하던 도살장과 30분 거리에 떨어진 감금·학대 시설에서 구조된 새벽이. 새벽이는 생생한 얼굴, 역동적인 몸짓을 보여주며 사람들에게 무미건조한 '숫자'가 아닌 '느끼는 존재'로 다가왔다.

나는 새벽이를 직접 만남으로써 비로소 이 무고한 존재들을 학살하고 있는 이 세상을 온몸으로 느꼈다. 이따위 일들을 허용하고 있는 세상에 대해서, 이렇게 얼굴을 가진 존재들의 죽음 위에서 축제를 벌이는 이 세상에 대해서. 지옥은

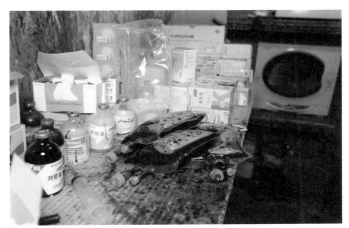

분만사에 있는 주사기 및 약품

따로 있는 게 아니었다. 죽어야만 하는 이들을 따로 숨겨 놓은 깔끔한 우리의 일상이 바로 지옥이었다. 이 지옥 사이의 틈을 열어 새벽이가 우리에게 온 것이다. 새벽이는 내가 내버려 두었던 이 세상의 실체를 몸으로 증언한다. 새벽이가 열어낸 틈을 통해 겨우 나의 상상이 시작되었다. '공장식 축산'은 믿기 힘들었지만 새벽이의 표정과 숨소리는 믿을 수 있었기에.

새벽이가 단지 '특별한 돼지'로만 머무른다면, 새벽이 외의 도살장 앞 똥을 뒤집어쓴 돼지, 식탁 위의 살점('고기') 들이 여전히 천하게 무시된다면, 그 말만 무성한 '공장식 축산'은 끊임없이 지속될 것이다. 거리에 나가면 내가 만난 이들이 캐릭터가 되어 자신의 훼손된 신체를 들고 먹으라 웃고 있다. 이 거대한 무덤 한복판에서 우리는 진정 '새벽이'의 존재를 인정하고 있을까. 만일 새벽이가 이걸 안다면 그 심정이 어떨까. 그가 인간의 언어로 말해줄 수만 있다면 하는 이기적인 생각을 하다 이내 관둔다. 듣는 것은 우리의 몫 이다. 새벽이는 끊임없이 말하고 있다.

활동가와 새벽이가 서로에게 몸을 기대고 있다

노을이를
기억한다는 것은

　노을이는 누구인가? 새벽이, 노을이, 별이. 호흡을 가다
듬고 종돈장에서 공개구조 되어 나온 이들의 이름을 찬찬히
떠올려본다. 그동안 유독 노을이에 대해서는 많은 말을 하지
못했다. 노을이는 새벽이와 함께 살아서 농장을 빠져나왔

노을이가 공개구조 되는 모습

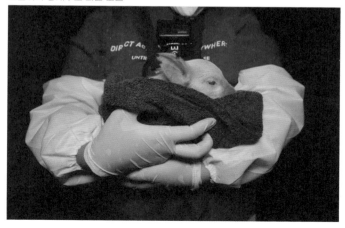

지만 지금은 이 땅 위에 새벽이와 함께 숨 쉬고 있지 않기 때문이다.

노을이로 말하자면 바닥에 패대기쳐지기 직전의 아기돼지였다. 다른 아기돼지들은 우리를 보자마자 갇힌 엄마의 거대한 몸 뒤에 숨었지만 노을이는 다리를 쓰지 못해 그저 바닥에 납작 엎드려 숨죽이고 있었다. 엄마의 젖을 먹지 못해 많이 굶었는지 성장도 더뎠다. 새벽이의 반도 되지 않는 몸집에, 무슨 표식인지 귀의 끝부분은 펀칭 기계로 뚫려 여기저기 뜯겨 있었다. 상처에는 소독용 회색 스프레이 자국이 빛나고 있었다. 구조될 당시 노을이의 모습이다. 질병에 아픈 몸, 당장이라도 치료받아야 할 상태였다. 그런데 그는 치료는커녕, 바닥에 패대기쳐지기 직전이었다니 이게 대체 무슨 말일까? 바로 업계용어로 '도태'라고 하는 '작업', 다치거나 아프거나 한 이들은 손이 많이 가기에 (도살장에서) 죽이기 전에 미리 (농장에서) 죽이는 것이다.

"팀장은 돈방을 둘러보며 지나치게 야위었거나 제대로 걷지 못하는 돼지가 있으면 바로 도태시켰다. 이런 돼지들은 크기가 20~30cm 정도였는데 옅은 분홍빛 피부 아래 갈비뼈가 드러날 만큼 살이 없었다. 다리에 이상이 있는 경우

크기나 살찐 정도에 상관없이 즉시 도태시켰다.

자돈을 죽이는 방법은 도태라는 표현이 거창하게 느껴질 만큼 단순했다. 다리를 잡아서 들어 올려 바닥에 패대기치면 끝이었다. 그리고는 발로 툭 쳐서 배수로에 빠뜨렸는데 이렇게 한다고 돼지가 죽지는 않는다. 아무리 작고 연약한 돼지라도 일격에 죽지 않았다. 입과 코로 피를 쏟아내고 발버둥을 치면서도, 돼지의 숨이 끊어지는 건 분뇨장에 버려지고 추위와 허기 속에서 몇 시간을 보낸 다음이었다.

(...)

도태의 이유는 육계와 같았다. 평균만큼 체중이 늘지 않는 가축은 사룟값만 한 값어치가 없기 때문이었다(제대로 걷지 못한다는 것은 필연적으로 살이 더디게 찐다는 것을 의미했다)."

한승태, 「고기로 태어나서」, p.187-188

 우리가 구조할 수 있었던 이는 고작 오천 명 중에 아기 돼지 세 명이었다. 모든 동물이 고통받고 있다는 사실은 자명했지만 전원 구조는 불가능했다. 그렇기에 우리는 이를 악물고 선택해야 했다. 가장 아프고 죽음에 근접해 있는 이를 우선적으로 공개구조해야 했다. 그리고 노을이가 바로 위 사례에 딱 맞는 건지 못하는 아기돼지였다. 곧 동이 트면 농장의 노동자들에게 발견되어 약하다는 이유로 패대기쳐진 후, 입과 코로 피를 쏟아내며 옆에 널려있는 죽은 혈육들과 함께 싸늘하게 식어갈 운명의 돼지가 살해당하기 직전 가까스로 발견되어 구조된 것이다. 노을이는 바로 그런 존재였다.

노을이는 새벽이와는 정말 달랐다. 품에 안겨 농장을 나올 때도 빽빽 소리를 질러 우리를 당황하게 만들었던 고집 강한 새벽이와 달리, 노을이는 작은 눈을 깜빡일 뿐 한마디도 하지 않고 조용히 주위를 살펴볼 뿐이었다. 노을이는 구조된 그 날 바로 새벽이와 함께 동물병원에서 치료를 받고 양질의 음식을 먹으며 천천히 회복해갔다. 쓰지 못하던 다리도 염증이 가라앉으며 서서히 네발로 땅을 딛는 연습을 하기 시작하였다. 호기심 많은 맑은 눈빛으로 세상을 응시하던 노을이는 정말 사랑스러웠다. 뒤늦게 고백하자면 많은 활동가가 새벽이보다도 연약한 노을이에게 좀 더 마음이 갔음을 밝혔다. 금방 새벽이의 행동을 따라 꿀꿀대며 욕구를 표현하기 시작하고 뒤뚱뒤뚱 걸으려 노력하던 그의 모습이 지금도 아른거린다. 그렇게 삶을 회복해가는 줄만 알았던 어느 날, 처음 새벽이와 노을이를 맡아주었던

새벽이와 노을이

곳에서 노을이가 갑작스레 세상을 떴다는 소식을 전해 들었다. 세상에 자신의 이야기를 알리기에는 너무나 짧은 시간이었다.

노을이가 왜 죽었는지 우리는 정확히 알 수 없었다. 돼지의 죽음이 널려있는 이 사회에서 그 누가 주먹만 한 아기돼지가 죽었다고 사인을 철저히 밝혀주겠는가. 절망적이었다. 감금·학대시설의 콘크리트 바닥이 아닌 부드러운 흙 위에서 호기심 넘치는 표정으로 세상을 향해 꼬물거리던 노을이의 몸짓을 다시 볼 수 없다는 사실에 가슴이 아려왔다.

그러나 동시에 우리는 노을이가 죽은 이유를 '명확히' 알게 되었다. 슬프고 절망적인 현실을 마주하며 우리는 깨달은 것이다. 나와 당신이 그렇듯 아픈 이들은 병원에 가서 치료를 받아야 한다. 아픈 이가 치료받는 것, 이것은 상식이다. 반면 아프다는 이유로 죽이는 것은 용납할 수 없는 폭력이다. 그러나 축산업의 경제적이고 합리적인 판단 아래에서는 이 상식이 모두 헛소리가 되었다. "약한 자는 죽어라", 노을이는 약육강식의 법칙이 지배하는 폭력적인 사회 가장 밑바닥에서 숨죽여 떨고 있었다. 비인간 동물들에게서 모든 것을 빼앗아 굴러가는 사회를 만들고 묵인하는 우리 모두가 이들을 죽이고 있었다. 아픈 이들을 살리는 병원이 있는 것이 아닌, 도살 전, 즉 '죽이기 전까지만 겨우 죽지 않게' 관리하는 수의학만이 있는 사회, 축산업이라는 극단적인 학대를 용납하는 우리 사회가 '노을이들'을 죽이고 있었다. 이것이 짧은 시간이었지만, 노을이의 작지만 강렬했던 눈빛을 마주한 우리가 그의 삶에 대해 분명하게 말할 수 있는 진실이다.

　　또한 노을이의 죽음은 생추어리의 시작이기도 했다. 노을이가 죽은 이후 불안해진 우리는 그들을 돌봐주던 곳에서 홀로 남은 새벽이를 다시 데려왔다. 어딜 가도 동물에게 위험하고 폭력적인 이 사회에서는, 땅과 기반이 없더라도 오직 '절실한 활동가들' 곁만이 안전하겠구나 싶어 내린 판단이었다. 그렇게 새벽이는 생추어리가 지어지기 전까지 계획에 없던 활동가의 집과 보호소에 9개월간 머물렀다. 아무도 농장 동물의 곁을 절실히 지키지 않았다. 한국 최초의 생추어리가 시작될 수밖에 없었다.

노을이 졌다. 어두운 밤이 밀려오며 '노을이'는 밤하늘 빛나는 '별이'에게로 갔다. 곧 밝은 해가 어두운 하늘을 밝히고, 힘찬 '새벽이'가 대지를 뛰어다닌다. 새벽은 곧 은은한 노을이 되고 노을은 또 눈부시게 반짝이는 별이 된다. 나는 이 순환을 기억한다. 또한 이 순환을 어그러뜨리는 축산업이라는 학살 속에서 구조된 이들의 이야기, 2019년 7월 벌어진 그 거대한 균열 사이의 공간, 그 강렬한 순간을 온몸으로 기억한다. 나는 슬프지만, 그렇기에 아름다운 이들 셋의 이야기를 기억하며 고통받는 모든 이가 해방된 그 날을 꿈꾼다.

누군가를 다시 볼 수 없다는 사실이 이렇게 마음을 찌그러뜨리는지 전에는 잘 몰랐다. 노을이가 많이 보고싶다.

노을이를 기억한다는 것은

학살의 한복판에서 치른
별이의 장례식

　공개구조 된 이들의 경이로운 몸짓을 조심스럽게 지켜보며 세상은 넘어서는 안 될 경계를 넘은 이들에 의해 겨우 조금씩 변한다는 것이 그제야 실감이 났다. 운 좋게 죽음의 경계를 통과하여 살아남은 이들은 이처럼 자신들의 이야기를 증언하지만, 대부분은 경계를 넘다 죽거나 넘기 전에 죽는다. 그런데 죽은 몸으로도 경계를 넘어 자신의 이야기를 세상에 알리며 사람들의 마음을 뒤흔든 이가 있다. 바로 별이의 이야기다.

　경계를 넘어 빠져나온 '종돈장'이라는 이름의 감금·학대 시설, 새벽이와 노을이는 아픈 몸이었지만 그곳에서 겨우 살아 나왔다. 그러나 별이는 '별'이 된 후 종돈장 문밖을 나왔다. 수많은 이가 이미 죽어있었다. 단순히 '사산'이라 표시하는 것 자체가 모욕인, 세상에 나오기도 전에 자행되는 필연적인 학살이었다.[*] 싸늘하게 식은 채로 우리를 기다리던 별이는 죽은 몸으로 이 엄청난 폭력의 현장을 증언하기 위해 경계를 넘었다.

별이가 경계를 넘은 바로 다음 주인 2019년 8월 첫 주였다. 학살된 이들의 최종 목적지인 서울 한복판, 진실을 마주한 활동가들이 '선을 넘은 사건'들을 연달아 터뜨렸다. 먼저 우리는 별이를 장례식장에 데려가 깨끗이 염을 하고 화장을 했다. 동시에 살아나온 이들을 돌보고, 이들의 존재를 가시화시키기 위한 비폭력 직접행동을 이어갔다. 대형마트 정육코너, 육식 식당, 그리고 이들을 죽인 '한돈'이 후원하는 야구팀의 경기에 갔다. 우리는 '웃는 돼지탈'을 쓴 이들이 춤을 추는 응원석에 뛰쳐 들어가 방해시위를 하였고, 야구장 필드에 난입하여 별이의 장례식에 초대하는 편지를 전하러 시구를 맡은 한돈자조금관리위원장에게 뛰어갔다. 죽어 나온 자와, 살아 나온 자들이 동시에 소리쳤다. 이 듣도 보도 못한 불청객들에 온 사회가 화들짝 놀랐다.

마지막으로 종돈장 차가운 바닥에서 죽은 채로 발견된 아기돼지 별이의 공식적인 장례식이 있었다. 장례식을 진행

---

[*] 온갖 육체적·정신적 학대를 당하며 임신 출산만을 반복하는 엄마돼지의 삶에 있어 유산과 사산은 결코 '자연스러운' 것이 아니다. 또한 몸을 움직일 수 없는 엄마돼지는 태아막을 수습하지 못하여 많은 아기돼지가 질식사하기도 한다.

한 장소는 바로 서울 서초동에 위치한 '한돈자조금관리위원회', 그리고 '양재 시민의 숲'이었다. 모든 학살의 수요가 몰리는 서울, 그중에서도 최전선에서 치른 '정치적 장례식'이었다. 이들의 죽음으로 쌓아 올린 당신들만의 제국에 뼛가루를 뿌리며 저항할 것임을, 별이의 죽음을 애도하며 온 세상에 선전포고한 것이다.

장례식 당일, 그 작은 별이가 전국 각지의 수많은 사람을 불러모았다. 버스를 타고 온 이도, 저 멀리서 기차를 타고 온 이도 있었다. 번듯한 한돈 자조금관리위원회의 건물 앞에선 우리는 먼저 야구장 필드에서 제지당해 시구하던 위원장에게 결국 전하지 못했던 편지를 읽었다. 그리고 작은 유리병들에 화장한 별이의 유골을 나누어 담았다. 한없이 가벼워진 그러나 결코 가볍지 않았던 별이의 새하얀 분골을 함께 나누어 들고 각자 포스트잇에 편지를 써 건물 입구에 붙였다. 그 순간이었다. 마치 별이가 응답하듯 하늘에서 비가 뚝뚝 내렸다. 우리의 눈에서도 눈물이 비처럼 흘렀다.

눈물을 흘리며, 또 하늘에서 내리는 눈물을 맞으며 우리는 양재 시민의 숲으로 이동했다. 아름드리나무 옆에 별이의 영정사진을 세웠다. 사진 속 눈을 감은 별이는 작디작은 몸으로, 자신의 몸만 한 꽃 옆에 누워 있었다. 검은 옷을 입은

별이의 장례식, 한돈자조금관리위원회 앞에서

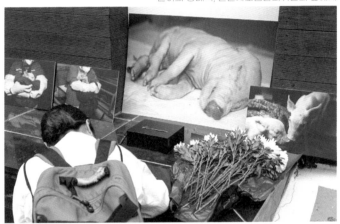

수많은 사람이 어두운 표정으로 방명록을 썼다. 묵념을 하고 흐느끼는 소리가 들려왔다. 사람들은 차례대로 각자 나누어 들고 있던 분골을 콘크리트가 아닌 따스한 흙 안에 뿌리고 국화꽃을 내려놓으며 별이가 불러온 이 감정을 마음속에 새겼다. 그렇게 저마다의 애도를 하며, 마지막으로 우리는 별이가 나무가 되길 바라는 마음으로 분골을 뿌린 땅에 묘목을 심고 있었다.

그러나 우리가 아무리 흐느껴도 역시 학살의 한복판이었다. 돼지를 위한 공간은 '죽어서도' 허락되지 않았다. 시민들의 민원을 받고 나타난 공원 관리자들은 '쓰레기' 무단투기로 경찰을 부른다고 협박하며 우리를 쫓아냈다. 공원 관리자들은 우리가 보는 앞에서 분골을 묻은 땅 위의 국화꽃을 주워 쓰레기통에 던졌다. 사람들은 쓰레기통에 내팽겨쳐진 국화꽃을 주워들고 눈물 흘리며 당당히 애도를 이어갔다. 묘목은 '행복한 인간 시민'들만의 공원 밖, 다른 곳에 심어졌다.

무례하고 또 무례한 사회였다. 장례식이 진행되는 도 중 영정사진 속의 별이를 보며 수백 번 울분을 삼키며 되뇌었다. 당신은 왜 그곳에 그런 상태로 있어야만 했나? 악취와 더위로 숨쉬기도 어려웠던 열악한 환경에서 평생을 움직이지도 못한 채 항생제, 분만 유도제 등 온갖 약품[**]으로 겨우 생을 유지하던 엄마돼지의 건강 상태 때문이었을까? 꼼짝 못하는 엄마돼지가 고개를 돌려 태아막도 수습하지 못한 채 자식들의 상태를 보지도 못한 채 실수로 깔아뭉개 죽은 것일까? 엄마돼지의 오열을 보지 못한 나는 다만 즐비한 사체들을 보며 이것이 종돈장의 흔한 일상임을 알 수 있었다. 나는 매 순간 이를 꽉 깨물었다.

별이의 엄마는 사산의 고통으로 서 있지도 못하는 상태였고, 별이와 함께 태어난 이들 또한 얼마 살아남지 못하였다. 그들은 오물과 탯줄, 피범벅과 함께 쌓여 있었다. 사산되거나 혹은 너무 약한 몸을 가지고 태어나 경제가치가 없기에 '도태'당한, 즉 패대기쳐 살해된 이들이었다. 옆에는 단 두 명의 아기돼지만이 죽은 혈육들을 밟고 올라 지옥 같은 생의 무게를 견디지 못하고 쓰러진 엄마의 젖을 빨고 있었다. 농장에서는 흔한 풍경이겠지만 기가 막히도록 깔끔한 도시에서 온 우리에게는 전혀 흔하지 않았다. '모돈현황판'에는 숫자가 된 별이들의 죽음이 건조하게 기록되어 있었다.

[**] 몸이 아파 유산하였는데 뱃속에서 아이가 나오지 못하는 경우 엄마돼지에게 '아바론'이라는 약품을 먹인다. 이 약품은 뱃속의 죽은 아기를 녹여 밖으로 나오게 한다.
한승태, 『고기로 태어나서』 p.210 참고

죽음으로 여겨지지도 못하는 가장 하찮은 죽음. 쓰레기통에 버려졌어야 할 주검이 분골이 되어 도시 한복판에 흩뿌려졌다. 그렇다. 별이의 몸은 학살의 한복판에 뿌려졌다. 별이의 장례식은 이 거대한 폭력, 어찌할 가능성도 잘 보이지 않는 이 슬픔 속에서 저항하며 이 사회의 단단한 벽을 죽은 자와 산 자가 함께 넘어선 투쟁이었다. 수많은 느끼는 존재를 오직 먹기 위해 태어나게 하고, 기르고, 죽여 먹는 이 세상에서, 별이의 장례식은 우리에게 어떤 의미일지 우리는 계속해서 물어야 할 것이다. 그것이 그 작디작은 별이가 우리에게 던져준 과제이다. 별이의 작은 몸과 분골이 주인공이 되어, 동물들이 농장 밖으로, 도살장 밖으로 나감으로써, 그들의 이야기가 세상을 바꿀 것이다. 별이의 죽음은, 별이는 세상을 바꿀 것이다. 아래는 장례식에서 우리가 별이를 보내며 읽은 애도문이다.

"유일한, 그러나 세상에 무수한 별이의 이야기"

별이의 죽음은,

별이는 세상을 스스로 바꿀 것입니다.

별이는 DxE가 공개구조 중 발견한 우리와 똑같은 하나의
삶입니다. 우리가 먹고 자고 행복한 삶을 추구하는 것처럼,
우리 멤버인 은영의 말을 빌리자면 '우리와 같은 따뜻한 숨
을 쉬며' 살아갑니다. 이 삶은 '가축'이라는 이름으로 태어
났지만 엄연히 살고 싶었고, 행복하고 싶었고, 안전하고
싶었고, 자유롭고 싶었습니다.

하지만 눈도 제대로 뜨지 못하고, 딱딱하게 굳어 죽은 채
로 세상 밖에 나왔습니다. 별이는 그렇게 산더미처럼 쌓인
아기돼지들의 시체 위에서 차가운 몸으로 발견되었습니다.
그 산더미 안에 채 탯줄도 수습하지 못해 피로 물들어
있었습니다.

별이의 엄마는 몸을 뒤로 돌릴 수 없어 별이의 몸에 감긴
태아막을 핥아서 수습할 수 없었고, 사산의 고통으로 일어
나지도 못하고 있었습니다. 아기들은 그렇게 쓸쓸히, 무참히

죽어갔고 별이의 엄마 또한 더 아기를 낳지 못하거나, 또 사산을 하면 도살장으로 가 죽임을 당하겠지요. 얼마나 말도 안 되는 현실입니까. 이것은 인간이 비인간에게 저지르는 독재입니다.

여러분. 동물을 인간이 억압하고 있기에 동물해방은 진실을 아는 우리의 과제입니다. 이 과제를 한 세대 안에 끝냅시다. 그래서 별이와 같이 처절하고 말도 안 되는 죽음을 더 이상 다음 세대에서는 반복하지 말도록 합시다. 그런 세상은 가능합니다. 우리가 이렇게 모였으니 그것은 절대 멀지 않다고 느낍니다. 세상을 바꿀 희망이 있다고 느낍니다. 동물해방은 그렇게 이루어질 것입니다.

그리고, 이 동물해방에서 가장 중요하고 또 중요한 건 당사자인 비인간 동물입니다. 별이의 작은 몸이 별이의 작은 분골들이 주인공이 되어 동물들이 농장 밖에 도살장 밖으로 나감으로써 그렇게 세상을 바꾸어 줄 것입니다. 별이의 죽음은, 별이는 세상을 스스로 바꿀 것입니다. 그렇게 우리가 비인간과 인간이 동물이 서로 차별하지 않고 연대하고 모이면 동물해방은 가능합니다. 감사합니다.

별이의 장례식, 양재 시민의 숲

다른 인간의 슬픔으로
시작한 동물해방 운동

왜 이전에는 그것을 치욕으로 느끼지 못했을까. 농장과 도살장을 용납하는 사회 말이다.

"미안해... 정말 미안해..."

2019년 4월 22일 지구의 날, 나는 부천의 한 도살장 앞이었다. 싱가포르에서 온 내 옆의 한 참여자가 트럭에 실린 돼지에게 물을 주면서 연신 미안하다는 말을 영어로 되뇌었다. 목소리는 무너지듯 흐느끼고 있었다. 그때 내가 느낀 감정. 나는 그 감정을 똑똑히 기억한다. "대체 뭐야. 저렇게까지 이입을? 이상해." 뭔가 불쾌했다. 그것이 나의 솔직한 느낌이었다. 눈앞의 현실이 불의임을 알고 있음에도 나의 감정은 뻣뻣하게 굳어 움직이려 들지 않았다.

그러나 슬픔은 힘이 세다. 어떤 슬픔은 다른 사람들을 강력히 변화시킨다. 나는 지금 나와 함께하고 있는 동료들을 얘기하는 것이다. 그들은 말 그대로 나를 갈가리 찢어놓았다. 슬픔이 무엇인지 알게 해준 그들에 대한 감사한 마음으로 어렵게 글을 쓴다.

나는 오랫동안 '폭력'에 관심이 많았다. 특별한 이유가 있다기보다는 다들 저마다 겪은 폭력이 있을 텐데, 나는 그것에 대해 조금 더 골몰했던 것 같다. 나는 그 폭력이 대체 무엇인지 더 깊이 알고 싶었고, 지워지고 가려진 폭력을 기록하는 사람이 되고 싶었다.

그러나 어디까지 '인간' 한정이었다. 나는 동물과 관련한 활동을 볼 때마다 대체 왜 하는지 이해하지 못했다. 너무나도 답이 없어 보였기 때문이기도 하지만, 솔직히 '부차적'인 문제라 느껴졌던 것이 사실이었다. 당장 나와 내 옆의 인간들이 겪는 고통에 더 이입되었기에, 할 일이 얼마나 많은데 저것까지 신경 써야 하나 싶었다. 솔직히, '동물애호가'가 자기만족으로 위선 떠는 것 같아 가끔 역겹고 짜증 난다는 생각까지도 했었다.

인간만이 존엄했고 오직 인간만이 서로를 구원할 수

있을 거라 생각했다. 그러나 지금 돌이켜보면 그것은 나의 이기적인 바람일 뿐이었다. 내가 보고 싶은 환상에 만족하고 싶었던 것 같다. 세월호 참사와 지인의 억울한 죽음 등을 통과하며 내가 내린 삶의 선택들을 보면 나는 결국 냉소와 타협만을 배우고 있었기 때문이다.

일본의 철학자 사사키 아타루는 『바스러진 대지에 하나의 장소를』이라는 책에서 '굴욕'과 '치욕'이라는, 언뜻 보면 비슷해 보이는 단어를 정치철학적 개념으로 정의하며 구분한다. 먼저 굴욕은 자신이 이 사회에서 이렇게 사는 인간 이라는 사실에 절대 부끄러움을 느끼지 않는 감정을 뜻한다. 굴욕을 느끼는 사람은 마치 자신은 그 일의 외부자 혹은 피해자인 양 분노와 냉소를 던질 뿐 움직이지 않는다. 자신들의 손만큼은 깨끗하다는 것이다.

반면 치욕은 자기 삶 자체의 변혁을 포함하는 감정이다. 우리의 손이 피로 얼룩져서 더럽혀졌다는 것, 그러나 우리 자신이 그것을 묵인해온 일을 용납할 수 없다는 것이다. 이렇게 마지못해 사느니, 비굴하게 목숨을 부지하느니, 이용당하고 사느니 차라리 죽는 편이 낫다는 절대적 순간에 이르기까지 세상을 제대로 알려고 하지 않았다는 엄중한 책임감을 포함한 감정인 것이다.*

　　나는 이 글을 읽고 나서도 오직 인간만을 떠올렸었다. 그러나 조만간이었다. 소, 돼지, 닭, 물살이, 그들의 얼굴이 나에게 다가왔다. 모든 것이 낯설었던 그때를 기억한다. 매 순간 이것이 바로 '인간 사회'라는 것을 '인정'하는 것부터 시작해야 했던, 처음 도살장에 방문하기 시작한 바로 그 시기였다. 나는 아니라고 생각했지만, 도살장에 찾아간 날 다른 사람의 슬픔에 불쾌감을 느낀 이후로 나는 확신했다. 나는 굴욕에만 빠져있었다. 그간의 지독한 냉소와 체념은 그에 따른 자연스러운 결과였다.

　　나와 비슷한 시기에 처음 도살장에 간 은영과 향기는 곧 마치 '자신이 죽은 것처럼' 통곡을 하였다. 아니, '자신이 죽인 것처럼'이 좀 더 정확할 것 같다. 트럭 바닥에 흥건한 피, 그 와중에 우리에게 이마를 부비는 순간 도살장으로 끌려가던 흰 소를 보고 "이렇게 죽이고 사는 삶은 가치가 없습니다!"라고 소리 지르며 바닥에 주저앉아 통곡하던 은영을 기억한다. 은영은 마치 송아지를 빼앗긴 엄마 소가 된 것처럼 거의

---

* 사사키 아타루, 『바스러진 대지에 하나의 장소를』 p.84-85 참고

일주일을 울며 굶었다. 또 우리가 구조한 닭장차를 스스로 탈출한 여름이를 빼앗길 때, 여름이 대신 차라리 나를 도살해달라고 피 흘리며 울던 향기를 기억한다. 그해 여름, 향기는 품에서 빼앗겨 도살장 안으로 던져진 여름이의 그 가볍고 따스했던 몸에 대한 상실감에서 벗어나지 못하였다. 30일간의 짧은 삶이 얼마나 힘들었는지 금세 새근새근 잠들었던 여름이의 그 마지막 모습을 떠나보내지 못하였다.

나는 그들의 슬픔과 눈물을 통해 통째로 찢어지며 재구성되었다. 불쾌감은 금세 취약함으로 변했고, 취약해진 나의 몸에 온갖 얼굴들이 침투했다. 나와 가까운 이들이 아닌, 개, 돼지, 소, 닭 등 이런 '천한' 이들의 얼굴, 그 '천함'이 누가 어떻게 뒤집어씌웠는가를 마주했다. 가끔 내가 이 '얼굴들'을 알지 못하였다면 얼마나 더 망가졌을까 생각한다. 얼마나 더 위선적이고 스스로를 합리화하며 살고 있을까 아찔함을 느끼기도 한다.

나의 냉소와 체념, 인생에 대한 막연한 두려움. 또 '생애주기'별 인생 커리어라는 저주. 정해진 길에서 벗어나면 낙오자가 되는 사회. 온갖 불의는 해결되지 못하기에 사적 복수심만이 횡횡하고 있는 사회. 드라마에는 복수 대행, 강하고 유능한 자가 악당을 물리쳐주는 그런 서사들이 인기를 끌고 있었다. 나는 그런 서사를 비웃으면서도 어쩌면 그 감정에 더 가까웠던 것 같다. 내가 마주해야 했던 얼굴은 '낯선' 얼굴들, 그리고 '그들 옆의 익숙한 얼굴들'이었다. 낯선 얼굴들(비인간 동물)을 보내며 무너지는 익숙한 얼굴(인간 동물)들에서 나는 분명 어떤 가능성을 보았다.

내가 느끼는 모멸감이 돼지가 느끼는 모멸감과 이어진 것이다. 내가 '가해자'임을 인정하지 못해 제대로 저항하지도 못하고 모욕감에만 집중하던 나, 사적 복수심만 차오르던 나는 도살장 앞 다른 인간 동물들의 슬픔 앞에 찢어져 버렸다. 모멸감, 굴욕을 넘어 치욕. 내가 당하는 불의에만 집중하는 게 아닌 도살장을 내버려 두는 이 사회에 대한 치욕이 시작되었다.

도살장 앞에서 소, 돼지, 닭, 그리고 인간이 함께 눈물 흘리며 슬픔을 주고받았다. 그렇게 나는 조금씩 조금씩 꿈틀거리며 동물해방 운동을 시작하였다. 경계가 뒤섞이며 허물어져 갔다. 나는 인간에서, 다시 동물이 되어갔다.

도살장 앞 명령,
"가만히 있으라"

"이런 일이 일어났는데 어떻게 사회가 멀쩡히 굴러갈 수 있는 거지?" 세월호 참사가 일어났다. 고등학교를 졸업하고 불과 두 달 뒤, 교복을 입지 않은 나 자신에 적응하던 중이었다. 처음에는 전원 구조 보도를 믿고 관심을 껐다. 그런데 날이 갈수록 이해하기 힘든 소식들이 들려왔다. 금 간 마음이 우르르 무너지기 시작했다. 그러나 사람들은 여전히 '열심히' 살고 있었다. 현실감이 느껴지지 않았지만 달리 뭘 할 수 없었다. 구멍이 나버린 가슴을 덮고 나도 일상을 견디기 시작했다.

"가만히 있으라", 침몰하는 세월호에 울려 퍼진 안내 방송이라고 한다. 안내라고 하지만, 어쩌면 슬쩍하게 들어와 익숙한 '명령'이었다. 이를 믿은 학생들은 허무하게 절체절명의 상황에서 배신당했다. 안내 방송을 한 선장과 직원들은 학생들을 버려두고 탈출했고 그 뒤 배가 완전히 침몰

하는 동안 국가는 나서지 않았다. 이 일련의 사실들은 내가 살아가는 불의한 사회를 극적으로 느끼게 해주었다.

그로부터 5년이 지난 2019년 4월의 쾌청한 봄날, 나는 도살장 앞에 있었다. 서울애니멀세이브에서 진행하는 '비질(Vigil), 진실의 증인되기'라는 활동에 처음으로 참여한 것이다. 약간의 걱정, 긴장과 함께 버스를 타고 도착한 그곳은 정말 평범한 공장 지대였다. "도살장이라니. 물론 이런 곳이 있는 게 당연하겠지..." 바로 옆에는 도살장에서 바로 온 '고기'를 구워 먹을 수 있는 식당도 있었다.

도착해서 주위를 둘러보는 도중, 갑자기 벽 너머에서 비명이 들려왔다. 찢어지는 고음, 처음 듣는 낯선 소리에 나를 포함해 많은 이의 표정이 일그러졌다. 몇몇 이는 증거를 수집하듯 핸드폰의 녹음 버튼을 눌렀다. 나는 우연히 범죄 현장에 있게 된 사람처럼 몸이 얼어붙었다. 낯선 그 소리가 살려달라는 고통의 절규임을 이내 알아챘기 때문이었다.

우리는 비명에 놀랐다지만, 도살장 경비 노동자는 어디선가 무더기로 몰려온 우리를 보고 놀란 것 같았다. 곧 연락을 받고 나온 사무실 직원들은 우리에게 고압적으로 협박했다. "당장 지워! 남의 회사 벽 찍는 것도 불법이야!" 그것이 불법이 아님에도 몇몇은 당황하여 영상을 지웠다.

명령에 대한 두려움과 복종, 그렇게 배워온 탓이었다. 여기서 당장 사라지라고 고함치는 그들과 한참 실랑이를 벌이고 있는 사이, 트럭 몇 대가 우리 앞을 지나 도살장으로 들어갔다.

수십 명의 동물을 빽빽하게 가둔 2층 트럭도 있었고, 엄마돼지인지 덩치가 아주 큰 동물이 홀로 외롭게 갇혀 있는 작은 트럭도 지나갔다. 비명은 계속 들려왔고 곧 사이렌이 반짝이며 경찰차가 도착했다. 그러나 비명이 난무하는 현장 속 '피해자'를 구하기 위해 온 것이 아니었다. 오히려 비명을 들은 우리가 가해자 취급을 받고 있었다. "회사가 위력을 느끼면 업무방해에요. 돌아가세요."

분명 그곳엔 고통에 몸부림치는 절규가 난무했다. 그들은 아무것도 들리지 않는다는 듯, 자신이 맡은 일에 충실하게 복무하고 있었다. 내가, 우리가 지금 듣고 있는 것이 가짜가 아닌데… 심지어 당신들의 귀에도 들릴 텐데. 직원, 경찰, 식당 주인 모두가 우리에게만 소리를 지르고 있었다. 아무것도 들리지 않는다는 듯, 자신이 맡은 일에 충실하게 복무하고 있었다. 현실감이 느껴지지 않았다. 그 순간 떠오르는 하나의 명령, "가만히 있으라". 이 사회가 어떻게 멀쩡히 굴러갈 수 있었던 건지, 순진한 내가 5년 만에 답을 얻는 순간이었다. 비명은 그렇게 은폐되고 있었다.

세월호 선체가 있는 목포신항 앞에서

　도살장에 가기 일주일 전 진도에 갈 일이 있었다. 세월호 참사 5주기가 다가오고 있었기에 가는 길에 목포신항에 들러 처음으로 세월호의 앙상한 선체를 보았다. 녹슨 선체는 비현실적으로 거대하게 느껴졌다. 항구의 펜스에는 노란 리본들이 개나리처럼 피어있었다. 바쁘게 돌아가는 사회에 비해서 너무나도 고요한 풍경에 나는 말을 잃었다.

　그리고 일주일 뒤, 나와 활동가들은 그곳에 피어있던 노란빛 애도를 옮겨 심었다. 바쁜 사회에서 누구도 찾지 않는 고요한 도살장 앞으로 말이다. 사람들은 포스트잇 쪽지를 도살장의 담에 써 붙였고, 새하얀 국화꽃을 앞에 놓아두고 그곳을 빠져나왔다.

그날 도살장 앞에서 나는 어떻게 '애도'해야 하는지 어렴풋이 깨달았다. 나는 그날부로 매주 비질에 참여하여 도살장 앞을 찾아가기 시작했다. 세월호가 단순한 '교통 사고'라고 말하는 이들과 축산업이 '자연의 섭리'라고 말하는 이들이 겹쳐지기 시작했다. 도살장 앞 트럭 철창에 머리를 박는 돼지들의 몸부림, 줄줄이 들어갔다 금세 텅 비어 나오는 트럭들, 이것은 다름 아닌 우리 사회였다. '가만히 있으라', 온 사회가 비명을 감추는 도살장으로 보이기 시작했다.

그때가 바로 새벽이, 노을이, 별이를 종돈장 분만사에서 공개구조하여 우리 사회에 균열을 내기 약 100일 전이었다. 시설에서 이미 죽거나 마취도 없이 고환*이 뜯기고 꼬리와 생이빨이 잘린 후** 6개월 뒤 '고기'가 될 운명들. 100일 동안 구조할 수 없음을 견디고 절망하던 우리는 '동물로서' 더 이상 가만히 있지 않았다. 그러자 우리 사회에 이들이 왔다. 도살장으로 끌려가는 끝없는 죽음의 행렬에서 새벽이, 노을이, 별이가 그 작은 몸으로 온 것이다.

---

* '고기'의 잡내 제거와 육질을 위해 생후 2주 안에 마취 없이 고환을 제거하는 것이 일반적인 관행이다. 한승태, 『고기로 태어나서』 p.202-204 참고

** 스트레스를 받는 돼지들이 서로의 꼬리를 물어뜯으면, 감염 등의 이유로 경제적 손실이 발생한다. 그렇기에 사전에 송곳니를 뽑고 꼬리를 잘라버린다. 한승태, 『고기로 태어나서』 p.202-204 참고

우리는 다시는 '가만히 있지' 않을 것이다. 가만히 명복만 빌고 있지 않을 것이다. 먼저 간 이들을 짓밟고 있는 이가 다름 아닌 우리였다는 것을 깨달았기 때문이다. 새벽이, 노을이, 별이는 남 탓만 하던 나에게 이 쓰라린 답을 알려주었다. '구조할 수 없는 구조', 나는 다름 아닌 가해자 대오에 서 있었다. 세월호 참사와 나, 나와 도살장. 그리고 나와 새벽이, 노을이, 별이. 이 만남과 연결들은 내가 동물해방 운동을 시작한 계기이기도 하다.

나는 가해자임을 인정하며 비로소 '동물'이 되었고, 더 이상 명복만을 빌지 않고 행동하기로 결심했다. 재일조선인 시인 김시종이 일본에서 5·18민주화운동을 목도하면서 쓴 시의 마지막 구절을 인용한다. 제목은 「명복을 빌지 말라」, 나는 '동물로서' 슬퍼하기 시작했다.

"억울한 죽음은 / 떠돌아야 두려움이 된다. / 움푹 팬 눈구멍에 깃든 원한 / 원귀가 되어 나라를 넘쳐라. / 기억되는 기억이 있는 한 / 아아 기억이 있는 한 / 뒤집을 수 없는 반증은 깊은 기억 속의 것 / 감을 눈이 없는 죽은 자의 죽음이다. / 매장하지 마라 사람들아, / 명복을 빌지 마라."

후지이 다케시 한겨레 칼럼 <명복을 빌지 마라>

이미 일어나버린
동물해방

사실, 도살장과 농장을 여러 번 가본 뒤에도 그들과 같
은 세상을 살고 있다는 것이 잘 믿기지 않을 때가 많다. 이
지구에서 한 해 700억이 살해된다지만, 나에게 그들의 비극
은 마치 다른 행성의 일처럼 멀게 느껴졌다. 신기루처럼
현실감이 없다고 해야 할까. 처음 도살장 앞에서 트럭에
실린 돼지들을 마주한 날, 나는 마치 허깨비를 본 것 같
았다. 뿌옇게 시야를 가리며 분사되는 소독약을 맞으며 금
방 눈앞에서 사라진 그들은 그 옆의 도·소매업장으로 완전

히 다른 모습이 되어 나왔다. 핑크빛 '고기'였다. 그 모습이 오히려 나에게 친숙한 세상이었다.

그때 새벽이와 노을이, 그리고 별이가 나타났다. 엄청난 사건이었다. 우리가 고통 속에 내버려 두고 외면했던 그들과 함께 우리가 선을 넘은 것이다. 있어서는 안 될 곳에 나타난 존재. 웃는 돼지 캐릭터, 식탁에서만 마주했던 그 '고기'의 주인공인 '돼지의 몸'으로 그들은 숨겨진 농장을 나와 우리 사회에 나타난 것이다.

홀로 살아남은 새벽이는 벌써 두 살을 훌쩍 넘겼다. 새벽이로 말하자면 '사라지지' 않았다. 아주 작은 몸일 때부터 하루 24시간 온 공간에 자신의 존재감을 가득 채웠다. 활동가들은 그의 목청과 표정, 몸짓에 한시도 경계를 늦출 수 없었다. 작은 근육질 체구에서 뿜어져 나오는 힘, 엄청나게 시끄러운 소리를 지르는 힘찬 목청, 강하게 뛰는 심장과 뜨거운 피, 구체적인 몸으로 욕구를 표현하며 나와 같은 공기를 마시며 숨을 쉬었다. 나는 내 팔뚝만 했던 새벽이와 살이 닿는 그 순간 내 몸속의 뛰는 심장과 피와 살을 인지했다. 그도 나와 마찬가지로 자신이 부여받은 삶을 오롯이 견디고 있다는 것이 맥박으로 전해졌다. 우리는 맥박으로 대화했다.

이후 새벽이가 자란 뒤, 보호소와 생추어리 생활 중에도 조금이라도 다치면 걱정이 되고 밤에 날씨가 조금이라도 좋지 않으면 잘 자고 있을까 마음이 쓰였다. 새벽이라는 고유한 존재는 혼자임에도 우리의 온 마음에 가득 들어찼다. 새벽이는 어느새 나와 다른 활동가들의 마음속에 단단히 자리 잡고 좀처럼 나갈 생각을 하지 않았다. 활동가들은 우리를 빤히 쳐다보던 새벽이를 들어 품에 안을 때부터 직감했다. 품에 안긴 이 작은 아이가 이 땅의 모든 이의 품에 들어가겠구나.

어쩌면 우리 모두는 새벽이를 기다렸던 건지도 모른다. 아니, '비겁한' 우리가 새벽이를 기다렸다. 새벽이가 우리에게 오기 전에도 나는 많은 것을 알고 있었다. 학대당하는 고양이와 강아지의 표정, 오리들이 패딩에 들어가는 깃털을 뽑히며 지르는 비명, 또 죽음을 예감한 소의 눈물, 전염병 예방을 목적으로 산 채로 구덩이에 파묻히는 돼지들의 절규하는 표정을. 동물이 기계가 아닌 고통을 느끼는 존재인 것을 알고, 대다수의 동물이 비참한 삶을 살아가고 있음을 나는 이미 알고 있었다. 그러나 나는 그들의 얼굴이 떠오르지 않는다는 이유로 쉽게 외면하였다. 얼굴이 너무 많았기 때문에 기억할 수 없었고, 그래서 오히려 손쉽게 도망쳤다. "나도 공장식 축산은 반대해"라는 쉽고 무책임한 핑계로 그들의 무덤 뒤에 숨었다.

　그러나 이 무덤 속에서도 만남은 일어났고, 우리는 서로가 서로의 용기가 되어 축산업에 정면으로 도전했다. 빤히 우리를 쳐다보던 새벽이를 품에 안았고, 새벽이와 함께 다른 모든 동물을 마음속에 품게 되었다. 그리고 이제는 더 이상 미룰 수 없게 되었다. 새벽이의 따스한 몸과 호기심 어린 눈빛을 통해 우리는 이 세상과 연결되었다. 우리가 내몰았고 외면했지만, 그랬던 우리가 다시 품에 안아 데리고 나왔기에, 새벽이 또한 그 자신의 생식기를 마취 없이 거세하고 또 생이빨을 자르고 꼬리를 잘랐던 우리 인간들에게 천천히 마음을 열었다. 그 어떤 논리적인 이론과 분석보다도 나는

새벽이와 노을이 구조 직후

이 논리를 넘어선 동물적 교감에서 해방의 가능성을 보았다. 나는 단단한 확신을 갖게 되었다. 그동안 사람들은 '동물로서' 배우지 못하였기 때문에 아무리 치밀한 논리로 정교한 이론을 만들고, 거시적인 전망으로 해결책을 제시한들 '마음'이 쉽사리 움직이지 않았던 것이었다.

"그리고 이 모든 것들을 지켜본 이들의 마음속에도 변화는 '이미' 일어나버렸다. '이미' 일어난 일, 그것이 현실 체제에서 어떻게 구현될지 언제 완전한 동물해방이 일어날지는 확정할 수 없지만 그것은 '이미' 일어나는 데 성공해버렸다. 종차별주의 사회와 축산업계는 그것의 구현을 방해할 수도 있고 실제로 그렇게 하고 있지만, 이 사건을 지켜본 우리들의 마음속에서는 종차별주의가 '이미' 끝나버렸다. 그래서 나는 동물해방, 한 세대 안에 동물을 위한 혁명적인 정치, 사회적 변화를 이루어낸다는 DxE의 목표를 확신하게 되었다. '이미' 일어난 일을 겪었기 때문이다.

방해시위, 그리고 공개구조로 새벽이가 존재를 드러낸 이후 동물해방 운동에 어떤 방식으로든 뛰어드는 사람이 많아졌다. 도대체 자기 일도 아닌 일에 왜 그렇게 뛰어

드느냐고 말하는 사람도 있을 것이다. 그것은 바로 구경
꾼들의 마음속에서 뭔가 일어났기 때문이다. 그리고 우리가
'인간'을 넘어 '동물'에 대해 말할 수 있는 것은 '내 일이
아닌 데도 아파하고 고통을 무릅쓰는' 그것 때문이다."*

　　다시 서로에게 품을 내어주고 돌보며 연결될 수 있다는
가능성을, 우리 모두가 기다렸던 새벽이가 다른 모든 동물을
대변하여 온몸으로 외치고 있다. 해방은 따로 떨어진 개개
인의 것이 아닌 '우리 모든 동물'의 이야기여야만 가능하다는
것을. 동물해방 운동은 단순한 인식개선 운동이 아니라는
것을. 비명을 듣고, 만나고, 새로운 관계를 맺는 것이라는
것을. 그 외침은 한 존재를 뿌리부터 변화시켰다. 이미 그들을
만나버린 우리는 더 이상 이전으로 돌아갈 수 없다.
　　나는 분명히 보았다. '이미' 일어나버린 동물해방을. 한
국 최초로 생추어리에서 '늙어가는' 돼지 새벽이가 어쩌면
살아있을지도 모르는 2040년, 모든 동물을 위한 기본권인
동물권리장전을 포함한 헌법 개정안이 통과되고, 지구 위
마지막 도살장이 문을 닫는 순간을. 나는 진심으로 그것을
당신과 함께 보고 싶다.

---

* 　고병권, 「철학자와 하녀」 p.75-76의 내용을 변형하여 인용

부록

왜 'DxE (Direct Action Everywhere), 어디서나 직접행동'인가?

'어디서나' 폭력이 자행되고 있기 때문이다.

축산동물을 대변하는
운동의 역사와 현황

1960년대 이후 미국을 중심으로 공장식 축산업이 급속하게 팽창하였고, 축산동물이 처한 현실도 점차 드러나기 시작했다. 또한 1975년 출간된 피터 싱어의 책 『동물해방』은 동물권 운동에 역사적 맥락을 부여하며 불을 지폈다. 그러나 초국적 기업과 긴밀히 연결된 축산업은 그 거대한 규모를 이용해 육식 신화를 공고히 하고 로비를 퍼부으며 진실을 폭로하는 활동가들로부터 산업을 잘 방어해왔다.

그리하여 지난 수십 년간 변화는 미미했다. '동물 복

지'라는 이름으로 사육 공간을 조금 늘리거나 엄마돼지 감금틀(stall)을 '일부' 없애는 등의 보여주기식 조치, 이마저도 제대로 감독 되지 않기에 실상조차 제대로 파악되지 않고 있는 게 오늘날의 현실이다. 거대 축산기업은 오히려 전 세계로 확장하여 유례없는 규모로 성장하였고 현재는 일명 '축산업 입막음 법(Ag-Gag Laws)'* 등으로 활동가들의 접근을 원천 봉쇄하며 산업을 방어하는 법안들이 곳곳에서 통과되고 있다. 냉정하게, 축산동물 운동은 끊임없이 패배해왔다.

이러한 역사에는 기존의 급진적인 저항 운동이 와해된 배경이 있다. 대표적으로 복면을 쓴 활동가가 철창을 열어버리는 강렬한 이미지로 유명했던 ALF(Animal Liberation Front)는 동물이 처한 현실을 극적으로 드러내며 큰 사회적 충격을 주었다. 또한 산업에 경제적·물리적으로 타격을 주는 방식은 업계에서도 큰 골칫거리였다. 그러나 9·11테러 이후 테러와의 전쟁을 선포한 미국 FBI는 '테러리즘'** 이라는

---

* 산업과 '농장 동물을 안전' 등을 보호한다는 이유로 농장, 도살장에 외부인이 출입하거나 혹은 축산동물 운송 트럭에 접근 시 영장 없이 구속할 수 있다는 내용 등을 담은 법안이 1990년대를 시작으로 미국, 캐나다 여러 주에서 통과되고 있다.

** 육류업계만 비판해도 테러범 취급을 하는 동물기업테러법(Animal Enterprise Terrorism Act)등이 있다. 한국에서도 이러한 '테러리즘' 프레임으로 직접행동DxE의 여러 활동을 다룬 <한국 사회에서의 에코 테러리즘 적용에 대한 소고 - 라광현, 홍승표>라는 논문이 한국경찰학회보에 투고되었다.

프레임을 씌워 ALF를 비롯한 거의 모든 급진적인 동물권 운동(및 환경 운동)을 미국 내의 안전을 위협하는 '가장 심각한 위협'으로 간주하며 뿌리부터 '소탕'하기 시작했다. '복면'과 '경제적 타격'이 가진 이미지는 테러리즘 프레임에 쉽게 휘말렸고, 이때다 싶은 축산업계의 역공에 다른 동물권 운동들도 덩달아 힘을 빼앗겼다.

또한 2010년대 이후 '육식주의 이데올로기'에 대한 공고한 신화를 무너뜨리는 '비거니즘' 담론이 널리 퍼지기 시작했지만, 그동안 더욱 세련된 모습으로 진화해온 거대 다국적 기업은 역시나 이를 '경제적인 이슈(비거노믹스 등)'로만 부각하며 축산업의 구조적인 문제를 가리고 있다. 오히려 적극적으로 '비건 제품'을 출시하며 운동을 자본에 포획하려는 것이 최근의 동향이다. 여전히 동물들은 유례없는 '폭정'에 시달리고 있고, 폭정이란 말에서 알 수 있듯 이는 명백히 '정치적'인 문제다. DxE(Direct Action Everywhere)의 저항 운동은 2013년, 바로 이런 역사적 배경에서 촉발된 문제의식과 함께 축산업의 중심지인 미국에서 시작되었다. [***]

*** 자세한 내용은 dxe.io 에서 볼 수 있다.

DxE(Direct Action Everywhere)의
동물해방 운동 전략

동물을 인간과 같이 내재적 가치를 가진 권리의 주체로 동등하게 대하기 위해서는, 먼저 동물권의 문제가 '개인의 윤리적인 선택'으로 다뤄지는 것을 넘어 '정치적인 장'에서 격렬하게 논의될 수 있도록 만들어야 한다. 그리하여 DxE 는 많은 변화를 가져온 기존의 성공적인 사회정의 운동 사례들(흑인 민권 운동, 동성 결혼 합법화 운동 등)을 철저히 분석하였다. 또한 사회과학, 행동경제학 등에서 이루어진 여러 대중운동에 대한 연구 결과를 바탕으로 동물권 운동이 마주한 한계를 타파할 전략들을 수립한다.

기존의 동물권 운동과 차별화되는 지점에는 대표적으로 '동물해방 로드맵'이 있다. 한 세대 안에 대중의 폭넓은 지지를 받으며 동물에 대한 제도적 착취를 종식하고, 이들에게 법적인 권리를 부여하도록 헌법 개정을 이뤄낸다는 담대한 내용을 담고 있다. 이는 결혼 평등 운동의 성공을 참고한 것이다. 약 40년 전, 한 활동가이자 변호사가 쓴 결혼 평등(동성 결혼 합법화)에 관한 과감한 비전이 담긴 논문은 당시에 엄청난 비웃음을 샀지만, 현재 결혼 평등법은 미국 대부분의 주에서 통과되었다. 어려운(혹은 어려워 보이는) 운동일수록 담대한 비전과 이정표가 필요한 것이다.

그리하여 DxE는 2055년을 마지막으로 하는 '동물해방 로드맵'을 수립하였고, 2021년 현재는 전 지구적인 전염병 위기, 기후위기 등의 상황에 맞물려 동물권 운동의 폭발적 성장으로 인해 2040년을 마지막으로 한 '동물권리장전 법제화 로드맵'을 새로 발표했다.[****]

한국도 이를 참고하여 특수한 정치 상황에 맞게 로드맵을 수정해 나가고 있다. 또한 이 로드맵을 이루기 위한 사회 변화에 필수적인 요소로는 강한 공동체 구축, 전국적인 언론 보도, 시민불복종, 제도권 정치와의 연결이 있고 아래 소개할 직접행동 전략들은 이를 위한 것들이다.

1. 공개구조(Open Rescue), 축산업에 정면으로 도전하여 동물의 이야기를 드러내기

DxE의 핵심 활동인 공개구조는 그동안 은밀히 진행해온 기존의 운동 상식을 깨고 심지어 대낮에 수십 수백 명의 활

[****] DxE's Roadmap to an Animal Bill of Rights - dxe.io 접속 후 배너의 About US를 클릭한 뒤 OUR MISSION 내용 밑의 Learn more을 클릭하면 연결된 링크를 통해 문서 전문을 볼 수 있다.

동가가 농장에 들어가 병들어 죽어가는 동물들을 구조한다. 아픈 이를 구조하는 것, 이것은 시민으로서 마땅히 해야 할 의무라는 것을 보여주는 것이다. 평범한 활동가의 신상을 공개함으로써 '테러리즘 프레임'을 극복하고 '평범한 사람들 의 용기 있는 행동'임을 당당하게 드러내며 사람들의 마음에 변화를 일으킨다.

또한 '동물복지 농장' 신화를 부수기 위해 농장 내부를 철저히 기록(VR 카메라로 기록하여 배심원들에게 증거로 제출, 재판 진행 중 시청하게 함)하고 그곳에서 학대받고 죽어가는 동물을 구조한다. 역시 이 모든 것은 현행법 위반이기에 현재 60년형의 중형을 선고받고 재판 중인 활동가들도 있다. 그러나 법정은 동물권 문제를 전국적인 이슈로 올릴 수 있는 절호의 기회이고, '개별 동물들의 고유한 이야기'를 극적으로 드러내며 이것이 과연 테러인지, 과연 무엇이 진정 폭력인지 이 사회에 질문을 던질 수 있는 장소이기도 하다.

이 책 전반에서 다루었듯 한국에서도 2019년 경기도의 한 종돈장에서 이루어진 최초의 축산동물 공개구조가 있었다. 이는 '돼지 서리', '특수 절도범' 등의 비난을 받으며 많은 주목을 받았다. 주목과 동시에 '친환경 우수 종돈장'이라 인증받은 내부의 끔찍한 환경이 드러났고, 현재 공개구조되어

새벽이생추어리에서 '늙어가는' 돼지 새벽이는 자신의 고유한
이야기를 극적으로 드러내며 사람들의 인식에 균열을 내고
있다. 이처럼 공개구조는 역사의 전환점에서 동물을 학대하는
악한 산업의 편에 설 것인지, 다른 존재들의 삶을 구하기
위해 헌신하는 사람들의 편에 설 것인지 사람들에게 선택을
요구한다.

2. 방해시위(Disruption),
일상적인 폭력에 균열내기

　방해시위 또한 기존의 상식을 넘어 폭력의 직접적인 현
장인 식당, 마트 등에 들어가 일상 속의 폭력을 환기한다.
청와대, 국회 앞, 도살장 혹은 기업 앞에서 시위하라고
분리하는 인식을 뚫고 더이상 일상을 편하게 느끼지 못하도
록 '폭력을 방해'하는 것이다.
　방해시위는 또한 공개구조와 함께 결합하여 '인도적인
도살', '동물복지'라는 마케팅의 기만을 극적으로 드러낸다.
한국에서 2019년 6월 처음으로 공개된 방해시위는 실시간
트렌드, 주요 TV, 인터넷 언론에 모두 다루어지며 전국적으로
엄청난 관심을 받았다. 전국의 밥상에서 '음식이 아니라 폭

력'이라는 구호가 올라오게 하였고 일상과 분리되어 있던 동물권을 수면 위로 끌어 올렸다. 이는 '중립지대'에 있던 대다수의 사람에게 동물권이라는 이슈를 극적으로 알리게 되는 계기가 되었다.

첫 방해시위 이후 더 많은 사람이 운동에 합류하였고 평범한 '고기 사진' 등과 함께 올라오는 엄청난 악플은 동물에 대한 사회의 폭력적인 인식을 노골적으로 드러냈다. 긴장상황을 만들어 어디서나 상존하는 폭력을 드러내는 것이다. 식당 안에 직접 들어가 외친 유례없는 직접행동이 벌어진 이후, 사회는 다시 이전으로 돌아가지 못한다. 사건이 벌어진 이후, 논의의 기준 자체가 이동하였기 때문이다.

3. 동물권리장전(Animal Bill of Rights) 법제화, 구체적인 전환의 비전

"지금 당장 동물해방", "음식이 아니라 폭력입니다" 등의 구호에서 느껴지는 추상적인 이미지를 넘어 두 직접행동으로 이끌어내려는 구체적인 사회 변화에 대한 목표를 보여줄 필요가 있었다. 그리하여 2018년, 캘리포니아의 한 '복지농장'(의 이름을 한 감금·학대시설)에서 구조되어 유일하게

살아나온 새의 이름을 딴 '로즈법 : 동물권리장전'이 만들어진다.[*****]

　　▲ 고통과 착취의 상황에서 구조될 권리

　　▲ 보호받는 집, 서식지, 또는 생태계를 가질 권리

　　▲ 법정에서 그들의 권익을 대변하고 법에 의해 보호받을 권리

　　▲ 인간들에게 이용당하거나 학대당하거나 살해당하지 않을 권리

　　▲ 소유되지 않고 자유로워질 권리 - 또는 그들의 권익을 위해

　　　 행동하는 보호자가 있을 권리

　　DxE는 이러한 동물권리장전이 담긴 헌법 개정안을 통과시키는 것을 목표로 도살장, 정부기관 락다운 등 수많은 시민불복종을 전 세계 수많은 도시에서 동시다발적으로 진행하고 있다. 한국에서도 이에 합류하여 2019년 10월 4일 세계동물의 날, 용인의 한 도계장 앞에서 동물권리장전을 선언하며 콘크리트 가방에 몸을 결박한 활동가들이 닭을 실은 트럭들이 들어가지 못하도록 입구를 가로막았다. 약 60여 명의 시민과 함께한 동물권리장전 락다운은 쉴 새

[*****] 로즈법, 동물권리장전 홈페이지 https://www.roseslaw.org

없이 돌아가는 죽음의 시간을 잠깐 멈추며 동물 홀로코스트 사회 피해자들의 얼굴을 한국 사회에 드러내었다. 현재 네 명의 활동가가 총 1,200만 원의 벌금을 선고받고 상고심을 진행 중이다. 그 과정에서 "모든 동물은 생태계에서 존재할 평등할 권리를 갖고 있고, 권리 평등은 개체와 종을 가리지 않아야 한다. 동물의 모든 삶은 존중받을 권리가 있고 부당하게 취급받거나 잔인하게 학대당하지 않아야 한다", "동물을 식량 자원으로 취급하는 인식은 지양하는 것이 옳다. 동물 역시 생명이고, 고통을 느끼는 존재다"와 같이 농장 동물의 사례를 언급하며 동물권을 인정한 유의미한 법적 판례를 한국 최초로 얻어내기도 하였다.******

  이러한 판례는 우리 사회가 동물의 참혹하고 부당한 현실을 인지한다면 얼마든지 바뀔 가능성을 보여준다. 또한 앞으로의 축산동물 운동에 어마어마한 초석이 될 것이다.

****** <민중의 소리> "동물도 생명체다, 식량 취급 말라" 판결문에 새겨진 동물 권리(2020.8.20.)

DxE(Direct Action Everywhere)
축산동물 운동 성과

1. 상징적 성과

위와 같은 맹렬히 비폭력적인 직접행동으로 기존의 동물권 운동의 한계를 뚫고 나가는 DxE는 무엇보다도 일관적인 가치 아래 전 세계적인 풀뿌리 네트워크를 구축하여 전 지구적인 운동을 펼쳐나가고 있다. 동물해방의 문제가 어느 특정 지역, 국가의 문제가 아닌 전 지구적인 연대가 필요한 사회정의 운동이고 더 많은 대중이 참여해야 하는 저항 운동이 되어야 하는 이유의 정당성을 보여주는 것이다.

DxE는 실험동물 공개구조, 모피산업 금지 법제화 운동 등을 진행하면서도, 축산업에 가장 집중한다. 그 이유는 가장 비가시화된 축산업이 드러나야 다른 연결된 문제도 드러날 수 있기 때문이다. '야생'동물, '반려'동물, '실험'동물 등 동물들을 분리하는 일상적인 종차별적 인식은 우리가 맺고 있는 관계, 즉 우리의 일상이 전면적으로 문제시될 때야 깨진다. 그리하여 식당 방해시위, 축산동물 공개구조로 수많은 언론 보도를 이끌어냈고 운동의 전선을 시민들의 '일상'으로 옮겼다. 더는 동물권을 멀리 떨어진 분리된 이슈로 무시하지 못하게 만든 것이다.

2. 제도적 성과

정책적인 성과로는 DxE의 수많은 공개구조와 정책적인 압박 끝에 미국 캘리포니아 버클리 시의회가 '구조할 권리'를 지원하는 법안을 만장일치로 통과시켰다.[*******]

또한 지난 7월 말, DxE가 1년 동안 캠페인을 벌인 끝에 버클리 시의회는 "식물 기반 식품으로 100% 전환하는 궁극적인 목표"를 가지고 2024년까지 '동물성 상품'의 구매를 50% 줄이는 계획을 의결했다.[********]

DxE는 더 짧은 기간을 주장했지만, 이 발표는 그 자체로 동물과 지구를 위한 큰 승리다. 버클리 시의회로부터 100% 전환을 약속하게 만들도록 목표로 하는 것은 전 세계에 우리의 '음식 시스템'을 근본적으로 전환해야 할 때라는 강력한

[*******] <데일리캘리포니아> As Berkeley residents face felony trial, Berkeley City Council affirms its 'right to rescue' animals from abuse(2020.1.28.)

[********] <워싱턴 포스트> Berkeley to offer vegan meals at public events, buildings <데일리캘리포니아> 'Immensely powerful': Activists laud city decision to commit to plant-based food(2021.7.27.)

메시지를 전했다. 또한 동물 학대 산업(축산업)은 이제 남은 날이 얼마 남지 않았다고 인식하기 시작했다. '모피 금지 법안'이 그랬듯, '육류' 금지의 움직임은 다른 여러 도시와 국가로 연쇄반응을 일으키며 뻗어 나갈 것이다.

3. 앞으로 한국 축산동물 운동에서 필요한 것들

한국에서도 지난 2년간 많은 활동가들의 직접행동 끝에 위에서 언급한 축산동물에 대한 여러 상징적 성과들과 법정에서의 구체적인 판례들을 얻어내었다. 한국은 좁은 땅에도 불구하고 많은 인구가 살며, 1인당 '육류' 소비량 세계 14위를 자랑한다. 심지어 1인당 '수산물' 소비량은 세계 1위를 차지하고 있다. 또한 대부분의 수요가 인구 밀집 지역인 서울, 경기에 집중되어 있는 만큼 운동의 확산과 그 효과도 더 극적으로 나타날 수 있다.

이를 뒷받침하기 위해서는 앞으로, 활동가들이 비폭력 직접행동에 몸을 던져 크게 이슈화가 되는 '상징적 성과'를 이뤘을 때, 그것을 '제도적 성과'로 가져가며 '국가적인 정치적 의제'로 가져갈 수 있는 강력한 힘이 필요하다. 축산동물은 기존의 '동물보호법', '동물복지'의 프레임으로는 한계가 명백하기 때문이다.

따라서, 위의 '구조할 권리' 지원 법안처럼 장기적으로 변화를 견인해나갈 여러 초법적인 직접행동에 대해 뒷받침해줄 수 있는 여러 제도적 변화가 이루어져야 한다. 동시에 현재 당면한 기후위기, 전염병 시대와 동물권을 연결한 정책 담론을 촉발하여 축산 지원금 삭감, 육류세 등의 조세 정책을 통해 축산업을 압박하여야 할 것이다. 이를 통해 정치와 동물을 분리하는 기존의 패러다임을 깨고, 산업에 얽혀있는 수많은 비인간, 인간 동물의 삶을 근본적으로 전환할 수 있는 완전히 새로운 패러다임의 정치·사회적 움직임이 필요하다.

비인간 동물들에게 '어디서나 폭력'이 자행되고 있는 오늘날, '어디서나 직접행동'을 통해 폭력적인 사회 구조에 저항하는 일은 우리의 짧은 인생을 걸어볼 만한 충분한 가치가 있다. 비폭력 직접행동은 지극히 평범한 시민들에게 가장 강력한 힘이 있음을 보여주는 잃어버려선 안되는 우리 사회의 존엄이기 때문이다. 무엇보다도 이 글을 읽은 여러분의 존재가 가장 큰 변화를 만들어낼 것이다. 부정의를 일삼던 구조에 비해 터무니 없이 작아보이던 사람들이 두려움을 무릅쓰고 용기를 내어 부패한 기업과 정부에 맞서기 시작했을때 우리는 언제나 우리 안에 있었던 희망을 볼

수 있다. 그 어떤 악도 영원할 수는 없다. 역사의 옳은 편에
함께 서서 마지막 도살장의 문을 닫고, 이 폭력의 굴레를
끝내자.

DxE에 대해 더 많은 것이 궁금하다면?

동물해방 운동에 참여하세요. 다양한 방식으로 함께할 수 있습니다.
※ QR코드 스캔 혹은 linktr.ee/dxekorea 접속

훔친 돼지만이 살아남았다

축산업에서 공개구조 된 돼지 새벽이 이야기

ⓒ 2021, 향기·은영·섬나리

지은이	향기, 은영, 섬나리
초판 1쇄	2021년 11월 13일
편집	박정오 책임편집, , 임명선, 하은지, 허태준
디자인	전혜정 책임디자인, 박규비, 최효선
미디어	전유현, 최민영
마케팅	최문섭
종이	세종페이퍼
제작	영신사
펴낸이	장현정
펴낸곳	호밀밭
등록	2008년 11월 12일(제338-2008-6호)
주소	부산 수영구 연수로357번길 17-8
전화, 팩스	051-751-8001, 0505-510-4675
전자우편	homilbooks@naver.com

Published in Korea by Homilbooks Publishing Co, Busan.
Registration No. 338-2008-6.
First press export edition November, 2021.
Author Hyang Gi, Eun Young, Seom Nari
ISBN 979-11-6826-001-6 03810